टापरा
व अन्य कहानियाँ

भरतचन्द्र शर्मा

PG
PUBLICATION

दिल्ली-110089, (भारत)

संस्करण : 2019
ISBN : 978-81-942084-8-8

प्रखर गूँज पब्लिकेशन
एच-3/2, सेक्टर-18, रोहिणी, दिल्ली-110089
दूरभाष : 7982710571, 7838505899, 01127851059

प्रथम संस्करण : 2019

टापरा व अन्य कहानियाँ
By Bharatchandra Sharma

Published by
PRAKHAR GOONJ PUBLICATION
Delhi -110089
E-mail : prakhargoonj@gmail.com
    sinha.neelu123@gmail.com
      7982710571, 7838505899, 01127851059

कहानी की बात

प्रारंभ से ही कहानी एक लोकप्रिय विधा रही है।

बचपन में प्रथम कहानी कब सुनी थी पता नहीं व्यक्तिगत रुचि का विकास हुआ, कहानियाँ पढ़ता रहा सुनता रहा। तीज त्यौहारों पर कथाएँ, मानकों में, प्रतीकों में पठन-पाठन में सर्वत्र कथाएं ही कथाएं।

मुझे लगने लगा मेरे आस-पास अनेक कथाएँ बिखरी पड़ी हैं। मैंने प्रयास किया उन्हें अभिव्यक्ति देने का। अनेक पत्र-पत्रिकाओं में स्थान मिला। अभिव्यक्ति के क्रम में यह मेरा तीसरा कहानी संग्रह है।

मेरा लेखक कहानी के लिए अपने परिवेश को महत्व देता है।

मानवीय मूल्यों के प्रति सजगता, सशक्त अभिव्यक्ति, संवेदना को पाठक के मन तक स्पर्श करने का प्रयास मेरी रचना के प्रति प्राथमिकताएँ हैं।

शेष, विशेष, अवशेष पाठकों-समीक्षकों-के लिए।

भरतचन्द्र शर्मा

समर्पण

मातुश्री स्व. कमला देवी

पिता श्री स्व. सूर्यशंकर शर्मा

को सादर समर्पित

अनुक्रमणिका

टापरा

चारों तरफ पानी ही पानी, गत एक सप्ताह से मूसलाधार बरसात की झड़ी लगी है। नदी-नाले उफान पर हैं। अनेक रास्ते अवरूद्ध हो गये हैं अथवा बंद पड़े हैं।

कांता की छोटी सी टापरी छलनी होकर टपक रही है। कांता नहीं जानती है कि जहाँ वह रहती है वह जिला राजस्थान का चेरापूंजी कहा जाता हैं। वह तो बस बरसात के दुःख जानती हैं। बरसात का सामना करने जेठ के महीने में ही टापरे पर चढ़कर एक-एक कवेलू को बड़ी कुशलता के साथ किसी चित्रकार की तरह जमाती है। बरसात आते-आते वही ढाक के तीन पात। वह दिन भर पास के कस्बे में कुछ घरों में झाड़ू-पोंछे कर गुजारा करती है। दिन में जाने कब वानर सेना कूद फाँद कर कवेलू फोड़ जाती है। बरसात में कांता का टापरा विचित्र सीलन में बदल जाता है। पुराने गोदड़े गाबे, भाँडे सब भीग जाते हैं। दिन तो काम कर निकल जाता है पर बरसात की रात, जब पूरी रात मेंह की झड़ी लगती है, टापरे के हर कोने में पानी टपकता है। शरीर पर चूअमण (टपकते पानी को इकठ्ठा करने के लिये रखा गया बर्तन) रख कर भीगने से बचने हेतु शरीर की रक्षा करनी पड़ती है।

उसने तो कभी नहीं देखा पर कस्बे के एक तरफ तो उसका गाँव है वहीं दूसरी तरफ बहुत बड़ा माही बाँध हैं। बचपन में उसका बापू जो माही बाँध पर मजूरी करने जाता था कहा करता था-म्हारा पसीना बेकार नहीं जायेगा। चारों तरफ हरा-भरा हो जायेगा सबके टाँपरे उड़ जायेंगे।

कांता का बापू अब इस दुनिया में नहीं है। चारों तरफ हरा भरा भी हो गया है, माही बाँध का तो इतना नाम हो गया है कि बरसात में क्या, देश की क्या, प्रदेश की राजधानियों से बड़े-बड़े हाकम, नेता बरसात में बाँध देखने आते हैं। नहीं बदले तो, ये टापरे। मूसलाधार बरसात के अपने शरीर पर झेलते हुए ढीठ की तरह खड़े हैं। बरसात भी जैसे इनसे कोई अघोषित युद्ध कर रही है।

कांता को यह समझ में नहीं आता है कि अमीरों को यह मौसम कैसे अच्छा लगता है। जो बरसात कहर ढा रही है उसमें न जाने ये लोग बाँध पर क्या देखने आते हैं।

इन अमीरों को तो कँपकंपा देने वाला जाड़ा भी अच्छा लगता है। जिस घर पर पोछा लगाती है वह मेम साहब कैसे चहक-चहक कर बता रही थी-कांता! हम तो बच्चों को लेकर पहाड़ों पर बर्फ के लड्डुओं का खेल खेलने जा रहे हैं।

भीषण गर्मी वाली तपती दोपहर, राम! राम! न जाने धरती सारा पानी कब सोख लेती है। पीने के पानी के भी लाले पड़ जाते हैं। गरीब तो हर मौसम में बेसहारा है, बेचारा है।

बरसात की बाढ़ तक में कांता को अपने जीवन की एक-एक स्मृति ताजा हो जाती है जो एक रेगिस्तानी नदी की तरह एक सीमा तक जाकर सूख जाती है।

जीवन की अधेड़ावस्था पर खड़ी कांता निरक्षर अंगूठा छाप आदिवासी महिला है। माँ बचपन में ही छोड़कर देवलोक चली गयी। एक छोटा भाई जिसे वह बेहद प्यार करती रही है। बाप गरीब था पर नोतरा पाड़कर एवं उधार लेकर ही सही कांता का ब्याह कर गया था। जीवन के बसंत में कांता को भी पीटी (हल्दी) चढ़ी। कांता का लगन गारा दूर दराज के गाँव में तौलिया के साथ हो गया।

सपने देखना हर एक का अपना अधिकार है। कांता भी जब विवाह

कर पति तौलिया के साथ जा रही थी तब सपनों के सुमेरू पर्वत पर खड़ी थी। अधिकांश स्वप्न निर्मम होते हैं। कांता ने भी महलों की कल्पना तो नहीं की थी। गरीब है, मजूर है मेहनत कर पेट भर लेंगे पर छोटा ही सही एक सुखी संसार तो हो।

स्त्री के जीवन की महत्वपूर्ण एवं प्रथम रात्रि को ही उसे पता चल गया उसके साथ धोखा हुआ है। उसका पति तौलिया विमंदित पागल है। कांता के बाप को भी यह बहुत बाद में पता चला। दूरदराज के गाँव से थे सो तौलिया के बारे में कोई पूर्व जानकारी भी नहीं थी। तौलिया के माँ बाप समझ रहे थे विमंदित पुत्र को लुगाई संभाल लेगी और वह ठीक हो जायेगा। यहाँ हो रहा था उल्टा, तौलिया तो दिन-ब-दिन ज्यादा पागल होता जा रहा था। आये दिन कांता पर हाथ उठाता रहता तथा पिटाई करता।

कांता समझ गयी, विधि माई ने उसका लेख उल्टे हाथ से ही लिखा है। कांता ने पूरा प्रयास किया घरवाले को जानवर से आदमी बनाने का, पर उसका हर प्रयास किसी दवाई के नकारात्मक रिएक्शन की तरह ही उल्टा पड़ रहा था।

कांता का तनाव तब और बढ़ जाता जब तौलिया की मारकूट खाने के बाद भी परिवार के सारे सदस्य तौलिया की ही तरफदारी कर उल्टे उसे डाँटते रहते-पाना नो भी धणी तो धणी केवाय, वेटवो पड़े (पत्ते का भी पति तो पति ही कहलाता है, उसे सहन करना ही पड़ता है) एक दिन जब कांता को उल्टियाँ होने लगी तो परिवार ने इस बात की खुशी मनायी, तौलिया की लाड़ी (बहू) गर्भवती हो गयी है। एक क्षण के लिये तो कांता भी उमंग से भर गयी क्या कोई नया सपना जनम ले रहा है।

जब कांता यह तय कर रही थी वह इस नयी खुशी की, खुशी के लिये तौलिया को सह लेगी। इधर कांता का गर्भ दिन व दिन विकसित हो रहा था, उधर तौलिया का पागलपन ज्यादा हिंसक हो रहा था। उसका पशु ज्यादा भयानक हो रहा था। एक रात तो हद हो गयी जब कांता को पीट-पीट कर अधमरा कर के भी तौलिया का पेट नहीं भरा तो एक भरपूर लात कांता

के पेट पर मारी। यह तो कांता की चेतना थी या कोई अॉश्य शक्ति जिसने कांता के गर्भ की रक्षा की। वह एक दम पीछे हट गयी।

कांता को लग गया यह गर्भ में पल रही औलाद का बाप होकर भी उसके लिये राक्षस है, काल है। उसने एक दृढ़ निश्चय किया मुझे हर कीमत पर गर्भ में पल रहे जीवन की रक्षा करनी है तब उसे पहली बार स्वयं के पृथ्वी होने का एहसास हुआ।

सूर्योदय से पहले ही गर्भस्थ शिशु की सुरक्षा का संकल्प कर वह बिना बताये ही तौलिया का घर छोड़कर बाप के टापरे में आ गयी। वह दिन और आज की घड़ी उसने कभी पीछे मुड़कर नहीं देखा। कहाँ है तौलिया और कहाँ है उसका गाँव। कांता की प्राथमिकता थी अपने गर्भ की रक्षा कर उसे सुरक्षित जनम देना। वह भूल गयी स्त्री के जीवन में कोई पति नाम का जीव होता भी है, क्योंकि उसने पति के रूप में एक राक्षस ही देखा था जिसकी दी हुई अनेक नारकीय यातनाओं की निशानियाँ उसकी देह पर यत्र-तत्र दृष्टिगोचर होती है।

तौलिया का परिवार भी अपने पूत की मानसिक स्थिति एवं लक्खणों से परिचित था, जानता था कहीं बहू को मार डालता तो नई मुसीबत गले पड़ती अतः उन्होंने भी कभी कांता का नाम ही नहीं लिया।

बाप के घर पर भी स्थितियाँ तब असहज होने लगी जब पता लगा कांता तो स्थायी रूप से यहीं रहने आ गयी है। बाप वृद्ध एवं लाचार हो गया था। एक मात्र भाई भी ब्याह कर भाभी ले आया था।

लड़कियाँ जब विवाह के बाद मायके लौटती हैं तो एक-एक ईंट दरकती सी लगती है। जब कोई स्थायी रूप से रहने आ जाये तो भावनाओं का राजमहल भी धू-धू कर जलने लगता है।

बाप बूढ़ा हो चला। जीवन भर फूंकी गयी बीड़ियों का धुआँ उसके फेफड़ों में जमा हो गया था। टी.बी. का रोगी हो गया। बचपन में कांता के साथ एक ही वाटले (मिट्टी का बर्तन) में खाने वाला भाई अब एक नम्बर का

नशेड़ी हो गया। कांता अब उसको बहन नहीं प्रतिद्वंद्धी नजर आने लगी।

बूढ़े बाप ने बेटे-बहू को समझाकर अस्थायी युद्ध विराम तो गृह कलह में लगाया था। जब कांता का जापा हो जाये उसका बच्चा थोड़ा बड़ा हो जावे तो समझा बुझाकर दूसरा विवाह कर यहाँ से विदा कर देंगे।

कांता ने तो स्पष्ट घोषणा कर दी थी उसे किसी कीमत पर दूसरा विवाह नहीं करना है। पति के स्वरूप मात्र से यमदूत की डरावनी तस्वीर साकार होने लगती थी।

कांता ने समय पर एक बच्ची को जन्म भी दे दिया। समय के साथ बेटी थोड़ी बड़ी हो गयी। जब बाप ने दूसरा विवाह कराने का प्रस्ताव किया तो कांता ने स्पष्ट मना कर दिया।

-चाहे कुछ भी हो जाये दूसरा आदमी नहीं करूँगी। मेरी एक बेटी है, मैं अनाथ नहीं हूँ।

गृह कलह की जो तलवारें म्यान में थी वे बाहर आ गयी।

भौजाई ने आक्रमण की बागडोर सँभाली और गालियों की बौछार प्रारंभ हो गयी।

-मरी होक रांड थयी ने पनौती परतेम साती माते लागी है। (ननद नहीं मेरी सौतन है, जो पनौती कर तरह पीछे लगी है।)

कांता ने भी ईंट का जवाब पत्थर से दिया-जबान सँभाल कर बात कर। मेरे बाप का घर है, तेरे बाप का नहीं जा कहीं नहीं जाऊंगी।

बाप दुःखी था, लाचार था उसे आभास हो गया कि यह पटरी बैठने वाली नहीं हैं, जीवन भर की खटास है।

बाप ने कुछ सोचकर निर्णय किया और सामने की पड़त जमीन पर कांता के लिये एक छोटी टापरी खड़ी कर दी।

अब यही टापरी कांता की माँ-बाप सब कुछ है क्योंकि बाप भी बुढ़ापे में बेटी का दुःख लेकर ही मरा।

कांता की बेटी भी सयानी होने लगी। कांता स्वयं बस्ती में जाकर पाँच घरों में झाड़ू पोछा कर अपनी गाड़ी चलाने लगी।

भाई-भाभी के साथ छोटे-छोटे युद्ध तो होते ही रहते थे। बेटी साथ थी तो कुछ सहारा था। विवाह योग्य हुई तो पास के ही गाँव के एक लड़के के साथ विवाह कर दिया। लड़का कन्नी चलाने का काम करता था तथा कमठाणों के काम पर जाया करता था। कांता ने सोचा लुगाई को और क्या चाहिये दो पैसा कमाने वाले धणी ही तो चाहिये।

कांता को अपने टापरे से बेहद लगाव था। वागड़ के चेरापूंजी की वह बरसात तो कांता के टापरे पर वज्रपात करके ही थमी। दिन में जब वह काम पर थी तभी मूसलाधार बरसात में बिजली कड़की। कांता शाम को घर पर आकर देखती है कि इस बिजली ने तो अपना खंजर उसके टापरे की छत से घोपा है। ऊपर का छपरा नदारद कवेलू फूट कर इधर-उधर गिरे पड़े हैं।

कांता ने देखा आसमान तो अब साफ हो रहा है पर पड़ौस की बागड़ से भावज की कुटिल हँसी खनक रही है।

ऊपर वाले के यहाँ देर है, अंधेर नहीं है। भाई की जमीन हड़पने का नतीजा तो भुगतना ही पड़ेगा।

वह तो ठीक है, बेटी जमाई आ गये। तीनों ने मिलकर खाँखरों के बड़े-बड़े पत्तों से ओड़ा बनाकर अस्थायी छाया तो बना ही दी।

आज कांता को लगा मारने वाले से बचाने वाला ज्यादा बलवान है। जब पंचायत का वार्ड पंच और सचिव उसके टापरे पर आ गये।

–देख कांता, चिन्ता मत कर तेरे छपरे पर पक्की छत पड़ जायेगी तुझे प्रधानमंत्री आवास योजना में घर बनाने के रूपये दिलवाते हैं।

कांता–ना भाई ना, मुझे कर्जा नहीं लेना है, मैं किश्त और ब्याज कहाँ से भरूँगी।

–तुझे कुछ नहीं भरना है, बस ये समझ ले सरकार तुझे छप्पर फाड़ कर दे रही है। तेने राजा किशनजी का नाम नहीं सुना, उन्होंने गरीब सुदामा को छप्पर फाड़कर दिया था न।

कांता की आँखों में लम्बी बरसात के बाद सूरज की नई नवेली धूप खिली।

सरकार के नुमाइन्दे तथा छुटभैय्या नेता उसे दफ्तरों में, बैंकों में ले जाकर कागजी कार्यवाही करवाते रहे।

कांता पाँच घरों पर काम करती थी। जहाँ चार घर तो ऐसे थे जहाँ उसे यांत्रिक मशीन के अतिरिक्त कुछ नहीं समझा जाता था। एक घर अपवाद था। जहाँ कुल जमा तीन प्राणी थे। वे मानवीय संवेदना रखते थे। पति-पत्नी एवं वृद्ध बीमार माँ के इस परिवार के बच्चे अन्यत्र शहरों में नौकरी करते थे। गृह स्वामी रिटायर्ड थे समाज सेवा में व्यस्त रहते थे, पत्नी अध्यापिका थी जो सेवा निवृत्ति के कगार पर थी। कभी कभार कांता अपने दुःख दर्द यहीं बाँटती थी।

आज कांता जब पोंछा लगा रही थी और टाइले चमका रही थी तब उसकी खुरदरी हथेली उसी से सवाल कर रही थी–क्या सरकार तेरे टापरे में भी ऐसी ही टाइलें लगवा देगी?

कांता के मन ने हथेलियों को डपट कर कहा–तुम तो पहले ही बूढ़ी हो गयी हो चिन्ता न करो घर पर टाइले नहीं लगेंगी केवल छत पड़ेगी ज्यादा से ज्यादा दीवारें खड़ी होंगी।

एक दिन कांता ने लाकर जब तीस हजार रूपये मोहनजी की वृद्ध माता को संभाल ने के लिये दिये तो माताजी को आश्चर्य हुआ–तेरे पास इतना सारा रूपया कहाँ से आया?

माताजी मुझे प्रधानमंत्रीजी आवास योजना की पहली किश्त में मिला है। घर पर चोरी होने का डर है। जैसे-जैसे जरूरत पड़ेगी ले जाऊँगी।

कांता टापरे के निर्माण में जब-जब जरूरत पड़ी ले जाती रही। वृद्धा

केवल यह हिदायत करती रही फालतू खर्च मत करना तथा कोई तुझे झाँसा देकर पैसा न ले जाये।

बीच में अनेक बार ऐसे अवसर आये जब वह बिना बताये ही काम से गायब रहती। जहाँ काम करती थी वे लोग आपस में पूछताछ करते तो पता लगता वह कहीं काम पर नहीं आयी है।

एक दिन जब मोहनजी की माताजी ने कांता को डपट कर कहा—बहुत गायब रहने लगी है, आखिर जाती कहाँ है? नहीं होता है तो काम छोड़ दे।

कांता ने लगभग रूँआसी होकर कहा—माताजी पहली किश्त तो मिल गयी जमाई ने भीतड़े (दीवारें) भी खड़ी कर दी। दूसरी किश्त जो साठ हजार की है वह नहीं मिल रही है। क्या बैंक, क्या पंचायत और क्या कलेक्ट्री भटकते-भटकते मेरा तो तेल निकल गया है। वार्ड पंच कहता है तेरा खाता गड़बड़ हो गया है। आक्खा दिन बैंक की लाइन में खड़े-खड़े पाँव भी दुखते हैं, जब नम्बर आता है बैंक वाला डायरी फेंक कर चिल्लाता है। डोकरी तेरे खाते में कुछ नहीं आया है तो बैंक कहाँ से दे रोज-रोज हमारा टाइम क्यों खराब करती है।

—माताजी, पता नहीं चल रहा है मेरे क्या लोचा पड़ा है। रकड़ते-रकड़ते दूसरा चौमासा छाती पर आ रहा है पतरों की ही सही छत नहीं पड़ती है तो किया कराया भी इस बरसात में धुर धाणी हो जायेगा।

तब माताजी ने अपने बेटे मोहनजी को आवाज लगायी देखो मोहन यह कांता बाई इस घर में दस साल से झाड़ू पोंछे कर रही है। आखिर बेचारी का रूपया कहाँ अटका पता करो। तुम कौनसी समाज सेवा के नाम पर दिन भर भटकते फिरते हो। आये दिन स्थानीय अखबारों में नेताओं अफसरों के आस पास तुम्हारे फोटो आते रहते हैं, कहीं नेताजी को हाथ धुलवाते हो, कहीं प्याऊ का लौटा पकड़ा रहे हो।

यह सब तो समाज सेवा का पाखंड है, नाम की भूख है। कांता जैसे कितने अनपढ़ कमजोर लोग रोज धक्के खा रहे हैं। समाज सेवा ही करनी

है तो कांता जैसे गरीबों की सहायता करो।

माँ की बातों से एक बारगी तो मोहनजी को रोष आ गया पर जब ठंडे दिमाग से विचार किया तो लगा माँ ने कड़वा सच ही तो कहा है। यदि मेरे जैसे समाज सेवियों ने वास्तव में सेवा की होती तो भारत के भीतर अनपढ़, कुप्रथा तथा विषम भाव के अनेक भारत नहीं होते।

मोहनजी की आँखे खुल गयी। शुरूआत कांता के काम से ही करते हैं। उन्होंने कांता को सारे कागज लेकर आने को कहा।

दूसरे दिन कांता के कागज देखने पर आधी बीमारी तो मोहनजी को समझ में आ गयी।

आधार कार्ड में कमतु नाम था। अभिभावक उसकी भोजाई वेस्ता कटारा तो चुनाव पहचान पत्र में पत्नी तौलिया तो राशन कार्ड में पुत्री थावरा। यह सब विसंगतियाँ देखकर मोहनजी का माथा ठनका। कांता तेरा नाम कमतु है क्या, यह सब क्या गुड़ गोबर है?

कांता-साब। आप लोगों के घरों में बच्चों के दो नाम होते हैं। वैसे ही कमतु घर का तथा कांता बाहर का नाम है।

जब सरकारी आदमी हमारे टापरों पर पूछताछ करने फार्म भरवाने आते हैं तब ज्यादातर लोग तो काम काज पर निकल जाते हैं। अड़ौसी-पड़ौसी जैसा बताते हैं वैसा भर देते हैं। अब ये भौजाई वेस्ती कहाँ से टपक पड़ी। उसी ने जानबूझकर नाम डलवाया दिखे। वह तो यही झगड़ा करती है, टापरे की जमीन की भी मालिक समझती है और साब यह उस दुष्ट तौलिया का नाम जाने किसने लिखवा दिया।

कांता ने एक प्रश्न पूछा-साब! ऐसा कानून नहीं बन सकता सब जगह आई (माँ) का नाम ही रहे क्योंकि आई तो असली होती है बाकी तो फर्जी हो सकते हैं।

मोहनजी ने विचार किया कांता का विचार तो सही लगता है।

सारे कागज तथा कांता को लेकर मोहनजी ने क्या बैंक, क्या पंचायत तथा क्या कलेक्ट्री सब खंगाल लिये।

पंचायत से पता लगा अनेक बार साठ हजार की दूसरी किश्त भेजी पर बैंक खाते में जाने क्या गड़बड़ है जमा नहीं हो पा रही है।

बैंक का बाबू अलग भड़का-इसके तो दो खाते खुले हुए हैं।

कांता ने कहा-मैंने तो कभी दो खाते नहीं खुलवाये न जाने कैसे खुल गये।

बैंक बाबू ने मोहनजी की तरफ इशारा कर कटाक्ष किया-अरे बाई तू तो अनपढ़ है ये जो तेरे साथ घूम रहे हैं ऐसे ही लोगों ने नोटबंदी में इन खातों में खूब व्यारे-न्यारे किये हैं।

मोहनजी तैश में आगये जबान सँभाल कर बात कर यह क्या बात हुई उल्टा चोर कोतवाल को डांटे।

बाहर शोरगुल बढ़ता देखकर मैनेजर ने मोहनजी को अन्दर बुलाया।

मैनेजर की सदायशता देखकर मोहनजी ने कांता की रामकहानी सुनायी।

मैनेजर-दोनों खाते चौक करने से पता चला कहीं कोई गलत इन्टेंशन नहीं है। किसी भूलवश खुल गये हैं एक बंद कर देंगे। अब सरजी समस्या यह है कि इन छोटे खातों की सीमा रूपये पचास हजार की है अतः इनकी राशि यह खाता नहीं ले रहा है। मैंने डिप्टी कलेक्टर साहब को सुझाव दिया था। यह राशि दो टुकड़ों में ट्राँसफर कर दी जाये। कलेक्टर साहब ने साफ मना कर दिया कानून नहीं तोड़ सकते सरकार हमको खा जायेगी। ऐसे लोगों के चक्कर में हम अपनी नौकरी दाव पर नहीं लगा सकते।

-और सर क्या है हम ऐसे खातों की जमा राशि सीमा नहीं बढ़ा सकते हैं। हाँ, एक विकल्प है आप किसी दूसरे बैंक में इसका बड़ा खाता खुलवा कर पंचायत में दे दो।

मोहनजी-मैं विकास अधिकारी से यह बात कर चुका हूँ। वह बता रहा है खाता बदलने के पावर यहाँ किसी को नहीं है यह फाइल जयपुर जायेगी। वहाँ कम से कम छः माह लग जायेंगे।

आप स्वयं विचार करें, अंगूठा छाप निरक्षर के लिये न तो ए टी एम है, न चौक बुक है, यह कामकाजी लोग सारा दिन बैंकों में, दफ्तरों में धक्के खाकर अपनी पगार अलग कटवाते हैं। इस लालफीताशाही में तो कांता की यह दूसरी किश्त चौमासे के पहले मिलेगी नहीं। गत बरसात में बिजली से छपरा गिरा था। इस बरसात में बची खुची टापरी बह जायेगी।

कांता की करूण कहानी सुनकर मैनेजर साहब की मानवता जागी।

-सर, एक पतली गली निकालते हैं। इस एक किश्त के लिये इस खाते की सीमा बढ़ा देते हैं।

मेंनेजर साहब की इस मानवीय अनुकंपा से कांता उर्फ कमतु को साठ हजार तथा अंतिम किश्त तीस हजार भी पन्द्रह दिन में मिल गयी।

एक दो माह बाद जब आकाश में आषाढ़ के मेंघ गरज रहे थे माताजी को कुछ याद आ गया तो कांता को पूछा-क्यों रे, तेरे घर की पक्की छत तो पड़ गयी न बरसात के पहले तू सुरक्षित हो गयी।

-हाँ माजी सो तो है, पर टीन के पतरे ही डालने पड़े, उस पर कवेलू भी चढ़ा दिये हैं।

-रूपिया तो पूरा एक लाख बीस हजार मिला ब्याज भरना नहीं किश्त देनी नहीं है, पर जरूर तेने बहुत फालतू खर्च कर दिया होगा।

-नहीं माताजी वह क्या हुआ पाँच-पाँच हजार तो सरपंच/सचिव/ पटवारी कागजी कार्यवाही करने के ले गये और पाँच हजार बनिए का ब्याज हुआ क्योंकि बरसात के डर से बाप की दी हुई चाँदी की हँसली गिरवी रखकर बनिए से ब्याज पर लायी थी।

-माजी! राम! राम...................सरकार ने ब्याज नहीं लिया तो

भी दलाल अलग वसूली कर गये।

कांता-माताजी चिन्ता न करें इतना तो खर्चा होता ही है। बनिया आधी रात को भी बिना कागजी कार्यवाही के पैसा देता है, इसी बात का तो ब्याज लेता है। जहाँ तक पटवारी/पंच की बात है तो मेरा बाप कहा करता था-जमीन में भी जितने बीज डालते है सब नहीं उगते हैं। थोड़े जमीन खा ही जाती है। माजी यह सरकारी लोग भी तो सरकार की जमीन ही है। माताजी के मन में एक विचार तो अभी भी आ रहा था-जिन पाँच-छः घरों पर यह काम कर रही है यदि ये लोग दस-दस हजार भी एडवान्स दे देते तो शायद कांता के घर पर पक्की छत बन जाती।

बंदरिया

'ही ही ही-खी खी खी' एक उन्मुक्त हँसी वातावरण में तैर गयी। हँसी ठठ्ठे का माहौल बन गया।

प्रातः ८.३० से ९.०० बजे के मध्य वह पुरानी खटारा महेन्द्रा जीप गाड़ी तीन-चार गाँवों के इस मोड़ पर आकर थोड़ी देर रुकती। ड्राइवर जग्गा सिगरेट का कश लगाकर घुआँ छोड़ता हुआ अपना ही अक्स ऊपर लगे ग्लास में देखता और खलासी मगना हॉक लगाता-वांवारा वांवारा वांवारा अर्थात (बाँसवाड़ा) यह गाड़ी जिला मुख्यालय बाँसवाड़ा जा रही हैं। चलो जिसको चलना हो छोड़े चले आओ।

गाड़ी तो जहाँ से रवाना होती थी, वहीं सामान्यतः भर जाती थी। अप डाउन करने वाले कर्मचारी, शहर में मजूरी करने जाने वाले लोग, बीमार तथा लगभग हर आयु वर्ग के लोग यात्रा करते थे। इस गाड़ी से सस्ता अन्य कोई साधन नहीं था। इस मोड़ तक आते-आते प्रायः गाड़ी ठसाठस भर जाती फिर भी मगना खलासी सवारियों को ठूंसता रहता।

यहाँ एक साथ छः-सात लड़कियाँ जो आस-पास के गाँवों की रहने वालीं थी गाड़ी में चढ़तीं। कुछ कमठाणे पर तो कुछ बड़े लोगों के घर में साफ सफाई हेतु तो कुछ शहर में जाकर शाक भाजी बेचती थीं। खलासी इनको अन्दर खिसको-खिसको कर गाड़ी में ठेलता और ये सभी एक साथ 'ही-ही-खी-खी' करके हँसती। लगभग एक ही प्रकार का घाघरा और लाल टीपकी वाली ओढ़नी में इनका समूह पारंपरिक वेशभूषा की छाप छोड़ता

था। काली, लाली, चम्पी, नानकी, सोमली, मंगली, लाड़की आदि-आदि हँसती खिलखिलाती हुई दौड़कर गाड़ी पर चढ़ने का प्रयास करती। लाड़की जानबूझकर पीछे रह जाती और डाले पर लटक कर खुली हवा में साँस लेते हुए यात्रा करना पसंद करती थी।

खलासी हांका लगाता चलो उस्ताद चलो, ड्राइवर जग्गा चिल्लाता-देख ये डाले पर कौनसी झाँसी की रानी लटक रही है।

खलासी मगना प्रति उत्तर में कहता-उस्ताद। यह लाड़की बहुत जिद्दी है, मानती ही नहीं कहती है, खुली हवा मुझे अच्छी लगती है।

जग्गा लोगों को हँसाता हुआ एक्सीलेटर पर पाँव रखता-कहीं गिर के मर मरा गयी तो इसका बाप तो मौताणा माँगेगा।

सभी लड़कियाँ एक साथ हँसती।

जग्गा की आँखें साइड ग्लास से देखती तो मन कह उठता यह लाड़की तो बहुत खूबसूरत है। लम्बी छरहरी काले लम्बे बाल इस केश राशि के मध्य चन्द्रमुखी के तीखे नाक नक्ष गालों पर एकदम ताजा लाल सुर्ख गुलाबी रंगत। इसके रूप के आगे तो सिनेमावाली छोकरियाँ भी पानी भरें।

गाड़ी के अन्दर राजस्थानी गीतों की केसेट फुल वाल्यूम पर बजने लगी-' म्हाने जयपुरिया रो लेहरियों मंगाई दे '

जीप गाड़ी क्या थी एक तरह का चहचहाता चिड़ियाघर थी। कोई सरोकार न होते हुए भी सहयात्री एक दूसरे को पहचानने लगे थे।

इन लड़कियों की उछलकूद और हँसी ठठ्ठा तब और बढ़ गया जब उस्ताद ने वागड़ी लोक गीत गैर नृत्य तथा शादी ब्याह में गाये जाने वाले लीम्बुड़ा तथा वेसिया आदि गाने बजाना प्रारंभ कर दिया।

लड़कियाँ स्वर में स्वर मिलाती-लीम्बुडा-लीम्बुडा ऽऽऽ। अंदर बैठी सवारियाँ कटाक्ष करती-सब गायिकाएँ बनने निकली हैं।

उस्ताद जग्गा साइड ग्लास तथा सामने के ग्लास के कोण इस तरह

बदलता कि लाड़की को निहारने का अवसर मिलता रहे। उसका मन भरता ही नहीं था।

गर्मियों की छुट्टियों में स्कूलों में अवकाश रहने से गाड़ी में भीड़ कम रहती। लड़कियों को भी अंदर की तथा कभी कभार आगे की सीटों पर बैठने का मौका मिल जाता।

पीछे की सीट पर बैठी लाड़की ने देखा जग्गा की आँखें सामने वाले काँच के माध्यम से उसे लगातार घूर रही हैं। शरमा कर लाड़की की पलकें झुक गयी थोड़ी देर बाद उसके मन ने कहा अब देखना चाहिये क्या वाकई अब भी जग्गा उसे घूर रहा है।

लाड़की की पलकें शनैः शनैः ऊपर उठ रही थी तो यकायक जग्गा के अधनंगे बदन पर ठहर गयी। जग्गा भीषण गर्मी में ऊपर का टीशर्ट उतार कर एक तरफ लटका देता अंदर के लाल सेंडो बनियान जिसकी बॉर्डर काली होती है, से उसका गठीला बदन झाँकता और भुजाओं की मछलियाँ इस तरह मचलती जैसे स्टीयरिंग तो बच्चों का खेल है। कभी जान बूझकर गाड़ी इधर-उधर करता कभी जान बूझकर ब्रेक लगाता। लड़कियाँ एक साथ चिल्लाती-अरे उस्ताद मातो भड़ुकाई ग्यो। (सर फूट जायेगा) न जाने कब कौनसे पल पर सवार होकर लाड़की और जग्गा के सपने रंगीन होकर उड़ान भरने लगे।

पक्षियों के मध्य चोंच की भाषा होती है। लाड़की और जग्गा के मध्य आँखों की भाषा अपने पंख पसार चुकी थी।

मनुष्य जब प्रेम में होता है तो दुनिया की कोई भाषा, कोई भी संवाद उसके प्रेम की अभिव्यक्ति के लिये अपर्याप्त होता है। उसका स्वाद गूंगे के गुड़ की तरह होता है।

एक दिन शहर के बस स्टेंड पर जब ड्राइवर खलासी खाली समय में सुस्ता रहे थे तब पहली बार जग्गा ने खलासी मगना को आधी फूंकी हुई सिगरेट दी कश लगाने के लिये।

मगना की खुशी का पारावार नहीं रहा। जो उस्ताद मानता था कि खलासी को बीड़ी पीकर अपनी औकात में रहना चाहिये। कभी ड्राइवर की बराबरी नहीं करनी चाहिये आखिर ड्राइवर तो उसका अफसर है।

मगना ने कश लेकर निःस्तब्धता को तोड़ा-क्या उस्ताद लाड़की के चक्कर में पड़ गये हो? उस्ताद के मुँह और नाक से उठते धुएँ के छल्ले आकाश की और बढ़ रहे थे।

उसके बाद मगना ने एक आज्ञाकारी सेवक एवं गुप्तचर की तरह लाड़की के बारे में सब सूचनाएँ एकत्र कर जग्गा को दे दी।

वह फलाँ गाँव के फला फला ढाणी की रहने वाली आदिवासी युवती है। रोज शहर जाकर किसी कमठाणे पर मजूरी करती है। उसका बाप बहुत सख्त आदमी है। उसने लाड़की की शादी की बात तो बचपन से ही कहीं तय कर रखी है।

एक बार तो जग्गा के माथे पर बल पड़े। बाप तो उसका भी कम सख्त नहीं हैं। पूरे बलाई समाज का अध्यक्ष है। रस्सी बुनते हुए मजबूती के ऐसे बँट लगाता है कि खरीददार उसके सामान की तारिफ करते नहीं थकता है।

सारी परिस्थितियों पर विचार करने के बाद जग्गा ने स्वयं का मूल्यांकन किया। लाड़की को प्राप्त करना जोखिम और हिम्मत का सौदा है। दोनों के परिवार जाति समाज यह विवाह कभी स्वीकार नहीं करेंगे। ईंट से ईंट बजा देंगे। दोनों ही जातियाँ अपने आप को श्रेष्ठ तथा दूसरे को हेय समझती हैं।

मनुष्य को मनुष्यता से विचलित करने वाला अपने आप को श्रेष्ठ समझने का न जाने यह अहंकार क्यूं भरा हुआ है।

लेकिन लाड़की तो जग्गा का सपना है उसे तो वह हर कीमत पर प्राप्त करेगा चाहे परिवार, जाति, समाज से कट कर इसकी बड़ी कीमत ही क्यों न चुकानी पड़े।

जग्गा के माथे पर बल पड़ गये। क्या करना पड़ेगा घर से भागना पड़ेगा, कोर्ट में जाकर प्रेम विवाह करना पड़ेगा। घर के दरवाजे सदा के लिये बंद हो जायेंगे। परिवार की नाक कट जायेगी और प्रतिशोध में खून ही खून का प्यासा हो जायेगा।

घर की गाड़ी चलाने की बात है तो जिस सेठ की गाड़ी चलाता है इतनी पगार तो देता है कि दो प्राणी गुजर बसर कर सके।

सेठ के भरोसे का ड्राइवर है सो समय-असमय शहर में रुकना पड़े तो किराये की खोली भी दिला रखी है।

धापू बा जिसका अब कोई नहीं है पति चार-पाँच कमरों वाला साधारण मकान छोड़कर गया है। इन्हीं खोलियो का किराया अब धापू बा का सहारा है।

इसी धापू बा की खोली जग्गा उस्ताद एवं मगना खलासी का शहर में अस्थायी रैन बसेरा है। बा की धाक इतनी है कि मटरगश्ती तथा बीड़ी फूंकने की इजाजत तो दे देती है पर कभी तीज तेवार होली-दीवाली पर भी महुड़ी गटकने की इजाजत नहीं देती है।

जग्गा को विश्वास है यदि अनुशासन में रहा तो बा उसे लाड़की के साथ खोली में रहने की इजाजत दे देगी।

यकायक जग्गा को हँसी आ गयी। उसके मन ने उसे झकझोरा-मन में मोतीचूर फूट रहा हैं। पहले यह तो पता कर लाड़की तुझे प्रेम करती है या नहीं क्योंकि तेरे परिवार का मोह और संकट उसके साथ भी यही परिस्थितियाँ है।

तो पहले लाड़की का मन टटोला जाये, क्योंकि हँसी ठठ्ठे को प्रेम का पूरा प्रमाण तो नहीं माना जा सकता हैं।

यह मन ही तो सारे दुःख-सुख समस्याओं की जड़ है। मन के अभिलेखागार में न जाने कितने अंतरंग गोपन भरे पड़े हैं।

लाड़की से बेबाक बात की जाये पर कब कहाँ? नवरात्रि के दिन आ गये। शहर के कुशलबाग मैदान पर मेला भरता था। वह भी शरद पूनम तक चलता था। मेले में दिन की अपेक्षा रात को ज्यादा रौनक रहती थी। पास पड़ौस के गाँवों से भी लोग बसों, ऑटो में भर कर आते मेले के साथ मैदान पर चल रही रामलीला का भी आनंद उठाते। दो-चार घंटे की मौज मस्ती एवं सैर सपाटा कर रात को ग्यारह बजे तक वापस गाँव में लौट जाते।

जग्गा जिसका घर पर नाम जगराम था। उस्ताद ड्राइवर बनकर जग्गा कहलवाना ज्याद पसंद करता था। सेठ नई गाड़ी खरीदने वाला हैं। जग्गा को कह रहा था, लम्बी यात्राओं के लिये तैयार हो जा।

जब दूरदराज की यात्राओं के भाड़े तो मिलेंगे ही नहीं तो अहमदाबाद एयरपोर्ट तक कुवैत, दुबई जाने वाले यात्रियों के भाड़े तो रोज ही मिलेंगे। तनख्वाह भी बढ़ जायेगी। दो पैसा ऊपर का भी ज्यादा ही मिलेगा।

जग्गा को लगा कि किस्मत उसके द्वार पर दस्तक दे रही है।

सरसराते नये पर्दों वाली ए.सी. तथा नये म्यूजिक सिस्टम, नई गद्देदार सीट और यदि स्वप्न सुंदरी लाड़की हामी भर दे तो... सपनों के अनेक रंग बिरंगे इन्द्र-धनुष उसकी आँखों के आगे तैर गये।

दिन की यात्रा में लड़कियों की 'ही ही खी खी' के बीच खलासी ने उद्घोषणा की–जिसको सस्ते भाड़े में नवरात्रि मेला देखना हो रात के आठ बजे तैयार रहना। यह गाड़ी रात को यहीं मिलेगी। पूरे तीन घंटे मेले के मजे लो, रात को ग्यारह बजे वापस इसी मोड़ पर छोड़ देगी। सवारियों ने जग्गा उस्ताद की जय बोलकर तालियाँ बजाकर उद्घोषणा का स्वागत किया।

आँखों की भाषा से कुछ संवाद तो हुआ था, फिर भी रात्रि को उसी मोड़ तक आते-आते रात्रि के घुंघले प्रकाश में जग्गा की आँखे किसी को खोज रही थी। यह शुक्ल पक्ष चल रहा था अतः आँखे कुछ दूर तक देख पाने में समर्थ थी। सात लड़कियों की कानी बाट (पगडंडी) की दिशा में कुछ हलचल सुनायी दी। जग्गा के लिये यह प्रतीक्षा असहनीय थी। वह शीघ्र जान

लेना चाहता था क्या उन सवारियों में लाड़की है या नहीं। नहीं हो तो यह मेले ठेले सब व्यर्थ है यदि है तो रंगीन सपने को साकार करने का अवसर निकट है। उत्साह के अतिरेक में गाड़ी की दिशा मोड़कर हेडलाइट्स की तेज रोशनी में एक रोशनी दूसरी रोशनी से एकाकार हुई। लाड़की को देखते ही जग्गा के हृदय सरोवर में अनेकानेक कमल खिल उठे।

मेले के बाहर पार्किंग में गाड़ी खड़ी कर जग्गा ने घोषणा की जाओ मेले की मौज मस्ती में मनपसंद टीली, फूंदी कुछ भी खरीदो ठीक ग्यारह बजे गाड़ी रवाना हो जायेगी। सब टेम पर आ जाना।

सभी यात्री मेले की भीड़ में बिखर गये। आँखों की भाषा अपने परिणाम पर पहुँची। लाड़की जो सबसे अलग होकर एक तरफ जा रही थी। जग्गा ने पीछे से प्रकट हो कर कहा-चल लाड़की आज मेरे साथ मेला कर। प्रतिउत्तर में लाड़की ने कुछ कहा नहीं, बस एक सम्मोहक हँसी हँस दी।

जग्गा ने उसका हाथ अपने हाथ में ले लिया-चल मेरे साथ मेले की भीड़ में कहीं खो जायेगी।

लाड़की मंत्र मुग्ध सी साथ चल रही थी। एक चाट की ठेला गाड़ी पर रुक कर जग्गा ने कहा-चल तुझे पानी पताशे खिलाते हैं। अब तक तो लाड़की शक्कर के बताशे के बारे में जानती थी। यह पानी पताशा कैसा होता है, कैसे खाते हैं?

जब जग्गा ने पहला पताशा उसके मुँह में रखा तो लाड़की के मुँह से इमली के खट्टे पानी की पिचकारी निकली तो जग्गा के टीशर्ट पर लिखे सुपर मेन पर पड़ी।

अब हँसने की बारी जग्गा की थी।

मेले में लगे सबसे ऊँचे झूले की दो टिकटें लेकर जग्गा लाड़की को लेकर झूले में बैठ गया।

लाड़की ने कहा-बीघ लागी रही है, के नेसे ने पडीजं (डर लग रही है कहीं नीचे न गिर जायें।)

जग्गा–डर किस बात का, मैं हूँ ना। उसने लाड़की का डर दूर करने के लिए कमर को अपने हाथ की मजबूत पकड़ में ले लिया।

झूला जब सबसे ज्यादा ऊँचा था तो शहर की जगमग रोशनियाँ और मेले की रंगीनियाँ काफी रोमांचक लग रही थी। जग्गा और लाड़की को लगा पूरे शहर की सबसे ऊँची कुर्सी पर राजा-रानी की तरह बैठे हों।

झूला हवा में पूरे वेग से तैर रहा था और जग्गा ने अपनी मंशा और योजना लाड़की के कान में कह दी।

अगले सप्ताह एक दिन जग्गा ने लाड़की के साथ बड़ा फूलो का हार पहरकर धापू के द्वार पर खड़ा हो उत्साह के अतिरेक में आवाज लगायी-देख बा। मैं तेरे दरवाजे पर लाड़ी (बहू) लेकर आ गया हूँ।

एक बारगी तो बा की पारखी आँखों ने माजरा समझ लिया और उसका माथा ठनका। किसी लड़की के साथ प्रेम विवाह कर भाग कर आया है। अब ये झगड़ा फसाद क्या पता खून खच्चर हो जाये उसकी आँच मुझ तक भी आये।

दूसरे ही क्षण जब दोनों का प्रसन्नचित मुख देखा तो लगा यह जोड़ी तो एक दूसरे के लिये ही बनी है।

किसी भी विवाह का एक रोमांचक क्षण होता है। वर पड़वे की प्रथा अर्थात् द्वाराचार के द्वारा स्वागत कर वर पक्ष की बड़ी बूढ़ी एवं अन्य महिलाएँ नयी वर जोड़ी को देहरी के भीतर प्रवेश कराती हैं। वरराजा का अपनी अंक शायिनी के साथ शयन करने का समय हो गया है। अपने मंगल गीतों में इस बात की सूचना देती है।

आखिर धापू बा ने सभी खतरे दर किनार कर नवविवाहित युगल के पर पड़वे करा ही दिये।

वह रात्रि देह के उन्माद में डूबी नदियों के एकाकार हो जाने की रात्रि थी। भाषाएँ मौन थी। जातियाँ गौण थी।

जग्गा के मजबूत बाहुपाश की फड़कर्ती मछलियों के भीतर बरगद मन की शाखों पर कोई चिड़िया जंगल के दावानल से अनभिज्ञ होकर विश्राम ले रही थी।

लाड़की के बाप एवं बिरादरी ने आसमान सर पर उठा लिया। जग्गा के घर परिवार में भी यही हाल था। पास-पड़ौस के गाँवों में समाचार फैल गया, लाड़की विजातीय युवक जग्गा के साथ भाग गयी। दोनों परिवारों की नाक कट गयी। दोनों ही परिवार खाप पंचायत की तर्ज पर इस शर्मनाक कारनामें के लिये जात बाहर कर दिये गये।

लाड़की के बाप ने पुलिस में रिपोर्ट लिखवा दी। पुलिस ने दोनों को गिरफ्तार कर अदालत में पेश कर दिया। लाड़की के बाप को विश्वास था, उसकी बेटी ने भोलेपन और नासमझी में यह कदम उठाया है। घर परिवार को देखकर वह जज साहब के सामने सही बयान देगी और फिर जग्गा सारी हेंकड़ी भूलकर बारह ताणियों के पीछे चला जायेगा। चाहे टापरा, खेत क्यों न बिक जाये पुलिस को इतनी रिश्वत देंगे कि सरे बाजार जग्गा को हजार जूते लगवायेंगे।

लेकिन हुआ उल्टा। लाड़की ने अदालत में आते जाते वक्त अपने परिवार के किसी सदस्य की ओर आँख उठाकर देखा तक नहीं। माँ-बाप और भाई प्यार से मनुहार से आवाज लगाते ही रहे। वह तो बस पलके झुकाकर एक दम शांत चलती रही।

न जाने जग्गा का क्या वशीकरण था। उसने स्पष्ट कह दिया, यह शादी उसने अपनी मर्जी से की है कोई भी जग्गा को परेशान न करें। चूंकि लाड़की वयस्क थी अदालत ने भी उनके प्रेम विवाह पर मोहर लगा दी।

जो रिश्तेदार अब तक लाड़की की चिरौरी कर रहे थे अपमान एवं प्रतिशोध में उनका बाजा पलट चुका था।

-ग्यो ने मुओ बराबर (गया हुआ व्यक्ति मृत के बराबर ही है) छोड़ो इस कलमुंही को इसके नाम का नहा लेंगे। अपने लिये तो अब यह मर गयी।

जग्गा के काके, भाभे उसे धमका रहे थे-जात में एक से एक चाँद सी लड़कियाँ है तुझे कचरे के ढेर में जाने की जरूरत क्या थी? सच्चा मरद का बच्चा हो तो ठोकर मार इस रांड को। मरद तो वही है जो लुगाई को जूते की नोक पर रखे। ठीक है, जवानी में बहक जाते हैं, तेरी मटरगश्ती हो गयी, छोड़ इस चुड़ैल को और चल घर।

लेकिन जग्गा और लाड़की तो जैसे बहरे हो गये हों किसी को कोई प्रतिउत्तर नहीं दिया। जज साहब के निर्णयानुसार पुलिस संरक्षण में धापू की खोली पर लौट आये जो अब उनके रंगीन सपनों का आशियाना था।

दोनों अपने परिवारों में मृत घोषित किये जा चुके थे। दोनों के घर के दरवाजे उनके लिये बंद हो चुके थे।

लाड़की के प्रेमपाश में पड़ा जग्गा एक आज्ञाकारी पति की तरह अपनी गृहस्थी को सँवारने में लगा। मगना खलासी आज्ञाकारी सेवक की तरह लाड़की भाभी का देवर हो गया।

धापू की खोली में नया टी.वी., नयी चारपाई से लेकर रसोई के बर्तन तक आ गये। लाड़की के हाथ की बनी मक्की की रोटी का तिक्कड़ और हरी मिर्च की ताजा चटनी खाते हुए जग्गा इस अनिर्वचनीय सुख से निहाल हो गया।

एक दिन जब काम से लौट जग्गा ने मारे खुशी को लाड़की को अपनी भुजाओं पर उठा लिया।

लाड़की बोली-छोड़ो क्या नादानी करते हो?

-नादानी नहीं करता हूँ, मैं तो कह रहा हूँ लाड़की तू तो साक्षात् लछमी है, मेरे भाग्य खुल गये।

देख सेठ ने नई चमचमाती गाड़ी ली है। मेरा पगार भी बढ़ा दिया है देख गाड़ी बाहर खड़ी है। चल तैयार होजा तुझे और धापू बा को त्रिपुरा सुंदरी मंदिर के दर्शन करा लाता हूँ।

लाड़की के चेहरे पर प्रसन्नता नहीं देखकर आश्चर्य में पड़ा जग्गा पूछने लगा-मेरी तरक्की से तुझे खुशी नहीं हुई, देख मेरी पगार भी बढ़ गयी। हम ज्यादा आराम से रहेंगे मेरा हाथ भी तंग नहीं रहेगा।

लाड़की-वह बात नहीं हैं, मुझे डर यह लग रहा है कि सेठ तुझे दूर दराज के भाड़ों पर भेजेगा। अहमदाबाद तक भी जाये तो भी हफ्तें में तीन दिन ही घर पर रहेगा। क्यों चिन्ता कर रहा है। हम मजूर लोग हैं, बचपन से मजूरी ही की है कहीं भी दो घरों का चौका बासन कर इतना रूपया तो कमा लेते।

जग्गा-मेरी रानी क्या लोगों के घरो में काम करेगी। देख मेरे हाथों में बहुत ताकत है। देख बाहर भी रहूँ उस दिन भी तेरे पास ही रहूँगा। यह तेरे लिये नया मोबाइल लाया हूँ। जब चाहे बात कर सकती है।

-ठीक है, तेरी खुशी में मेरी खुशी है पर मोबाइल आदमी की जगह नहीं ले सकता।

अहमदाबाद के भाड़े तो आये दिन मिलने लगे। कभी कभार घर से बाहर भी रहना पड़ता था। दो पैसे जो ज्यादा मिल रहे थे। वह भी लाड़की के हाथ पर रखता-ये रूपये संभाल। तू ही मेरी बैंक है। आड़ी वखत में रूपिया ही काम आता है।

रात को सन्नाटों का दर्द भूलकर लाड़की जग्गा की खुशी में शामिल होने निहाल होने, का उपक्रम करती।

संरक्षक के रूप में धापू बा तथा सेवक के रूप में खलासी भी यदा-कदा इस परिवार की खुशियाँ में शामिल हो जाते।

अच्छे दिन जब आते हैं तो समय को पक्षियों के पंख लग जाते हैं। लाड़की और जग्गा के सपने भी पक्षियों के पंखो पर सवार थे।

जग्गा जब कभी बाहर होता लाड़की के फोन आते रहते। मोबाइल की स्क्रीन पर लाड़की की फोटो देखकर ही जग्गा को गुदगुदी होने लगती-हाल चाल पूछने के बाद उसका अंतिम प्रश्न होता-रात को घर लौट आयेगा क्या?

जग्गा को लगता वाकई में आदमी को घर तभी घर लगता है जब वहाँ कोई उसकी प्रतीक्षा कर रहा होता है।

हँसी खुशी रंग बिरंगे सपनों को कब दो वर्ष बीत गये पता ही नहीं लगा। लाड़की ने विवेक से दो पैसा भी बचाया।

एक दिन अहमदाबाद का भाड़ा लेकर जग्गा जब काम पर निकल रहा था, लाड़की को हो रही उल्टियों ने उसे कोई शुभ संकेत दिया। धापू बा ने भी मौका मुआयना कर घोषणा कर दी लाड़की माँ बनने वाली है। जग्गा उछल पड़ा-बा तेरे मुँह में घी शक्कर।

बा ने कहा-जा आज तो तेरा काम पर जाना जरूरी हो तो जा पर वापस आकर लाड़की को किसी अच्छी डाक्टरनी को दिखा। सुना है, आजकल ऑपरेशन से बच्चे होते हैं।

लाड़की-बा तू चिन्ता मत कर, मेहनत मजदूरी करने वाले लोगों के पेट नहीं काटने पड़ते हैं, फिर मेरे लिये तो मां, बाप, डाक्टर सब कुछ तू ही है।

आज जग्गा अनिच्छा से काम पर निकला। दिन में अनेक बार लाड़की से फोन पर बात की। दिन में जब समय मिला तो भद्रकाली के दर्शन कर फुटपाथिया बाजार में जी भरकर खरीददारी की। यह बाजार उसे अच्छा लगता था। छोटे बजट में काम हो जाता था। लाख की लाल चूड़ियों से लेकर बिन्दी, कुमकुम जाने क्या-क्या खरीदता रहा।

रात को जब लौट रहे थे। मगना खलासी ने कहा-उस्ताद तू बाप बन रहा है तो घोटली दो घोटली पिला। आज तो पार्टी बनती है।

-अरे नहीं यार, तेरी भाभू ने मुझे कसम डाल रखी है। वह है भी इतनी होशियार, चाहे लाख पान गुटखें खा के जाऊँ चोरी पकड़ लेगी।

मगना-तेरे जीवन की सबसे बड़ी खुशी है। तेरे जैसे दिलेर मरद भी घाघरे के नाड़े से बँधना चाहें तो तेरी इच्छा।

फिर तो हाइवे की होटल के पिछवाड़े में मर्दानगी की ऐसी रंगत चढ़ी कि पूरी बोतल ही गटक गये।

गाड़ी जब चालू की तो रात के अंधेरे में हाइवे छोड़कर सामान्य रास्ते पर आ रहे थे कि राँग साइड से आ रहे बिना लाइट के ट्रोले को बचाने के चक्कर में जग्गा की गाड़ी पलटी खाकर गहरे खड्ड में जा गिरी।

पता नहीं यह बहुत दिनों बाद पी गयी महुड़ी के नशे का सरूर था या असमय आई झपकी थी जिससे हँसता, खेलता और गाता हुआ जीवन स्वाहा हो गया। मगना तो बच गया पर जग्गा के सारे सपने चकनाचूर हो गये। सामने वाले बड़े काँच के टुकड़े उसकी अँतड़ियों को आर-पार कर रक्त की नदी को प्रवाह दे रहे थे।

पोस्ट मार्टम के बाद पुलिस ने जग्गा की लाश व लाइसेंस जो अवधि पार भी हो चुका था, गाँव में उसके घर पहुँचा दिये थे। जवान आदमी की अकाल मृत्यु से गाँव और घर में कोहराम मच गया।

सेठ ने दुर्घटना की खबर धापू तक पहुँचा कर अपने कर्तव्य की इति श्री कर ली। वह जान गया था पुलिस रिपोर्ट बता रही थी, ड्राइवर नशे में था। लाइसंस की मियाद भी कुछ दिन पहले ही खत्म हो गयी थी। सामने वाली गाड़ी से टक्कर भी नहीं हुई थी, सो कहीं से कुछ पाई कौड़ी मिलनी नहीं है। वह तो अपनी गाड़ी की मरम्मत का हिसाब लगा रहा था। ऐसे में लाड़की से दूरी बनाकर रखना ही ठीक है। 'खटीक रोवे खाल को बकरी रोवे जान को' वाली कहावत चरितार्थ हुई।

धापू ने जब लाड़की को यह अशुभ समाचार बताया तो लाड़की का रो-रो के बुरा हाल हो गया। अर्द्ध विक्षिप्त सी हो गयी।

घंटे दो घंटे बाद धापू से लिपट कर कहा-बा मुझे जग्गा के घर ले चल मैं अपने धणी के अंतिम दर्शन करूंगी।

धापू-मेरी बेटी वे लोग तुझे अंदर नहीं जाने देंगे। जैसी ख़बरें मेरे पास आ रही हैं यदि तू वहाँ गयी तो वे लोग तेरा सर फोड़ देंगे। कुछ भी

अनहोनी हो सकती है। तेरा घरवाला भी अब इस दुनिया में नहीं है, उनके घर में जो पड़ा है वह उसके शरीर का खाली खोखा है।

जो भी हो जब तक मेरे जग्गा की लाश वहाँ पड़ी है उसका सर मेरी गोद में रखूँगी। लाश उठ जाने के बाद भी यदि वे लोग रहने देंगे तो रहूँगी नहीं तो तेरे साथ चली आऊँगी।

अनिच्छा से ही सही धापू किराये का ऑटो करके लाड़की को लेकर वहाँ गयी।

बाहर बैठे आदमियों में खुसर-फुसर हुई जो ठेठ अंदर पड़गे (शोक गीत) गाती औरतों तक पहुँच गयी।

आँगन में बैठा जग्गा का बाप चिल्लाया-इस रांड से कह दो वापस चली जाये एक कदम भी आगे बढ़ाया तो टाँगे तोड़ दूँगा।

थर-थर काँपती धापू ने दया की भीख माँगते हुए कहा-लाड़की पर न सही इसके पेट में पल रहे तुम्हारे खून पर तो रहम करो।

जग्गा के बाप का गुस्सा सातवें आसमान पर था। यह लो, मेरा जग्गा तो भोला था न जाने इसने कैसे फाँस लिया। वह बेचारा तो रातों को गाड़ियों पर रहता था। यह रांड किसका कचरा उठा कर मेरा खून कह रही है। सुन ले डोकरी, तुझे चकला चलाना है तो चला मेरे घर को अपवितर न कर।

भीतर की महिलाओं के शोक गीत भी नये वाक्य विन्यास के साथ आ रहे जिसके केन्द्र में भी लाड़की-धणी को मारकर रांड यहाँ सती होने का नाटक करते आयी है। हमारा तो छोरा गया, जा रांड कहीं भी जाकर अपना रंडापा गार लेना।

यकायक बिजली की तरह लाड़की की तेज आवाज गरजी जैसे रणचंडी बन गयी हो-किसकी माँ ने सेर सूंठ खायी है, आओ तोड़ दो मेरी टाँगे फोड़ दो सर। मेरे पास सरकारी कागज है। मैं किसी की रखेल नहीं हूँ। मेरे पेट में पल रही संतान उसके बाप के आखिर दर्शन करेगी।

फिर पाँव पटकती हुई ठेठ अंदर चली गयी। जग्गा का सर अपनी गोद में लेकर बैठ गयी। लाड़की एक पाषाण शिल्पी की तरह मौन थी। उसकी आँखों से टप-टप आँसू गिर रहे थे जो जग्गा के कपाल के नीचे लुढ़क रहे थे। सारी कुरू सभा को जैसे सांप सूंघ गया।

अंतिम संस्कार के लिये लाश उठी और जग्गा को अंतिम विदाई देकर लाड़की धापू के साथ लौट आयी।

यूँ तो समय हर घाव को भरने में सक्षम है पर नये जख्म हरे कर देने से भी कब चूकता है। लाड़की भी सामान्य होने का प्रयास कर रही थी। जग्गा की दी हुई राशि से बचत में जो जमा थी उससे गाड़ी चल रही थी। उसका पूरा ध्यान अपनी गर्भस्थ संतान की रक्षा में लगा हुआ था।

शीत ऋतु आ चुकी थी दिन जल्दी ही ढलने लगा था। रात की निःस्तब्धता का प्रहर प्रारंभ होने को ही था। यकायक दरवाजा ठेल कर मगना प्रकट हो गया पर उसका रूप एकदम अलग था। जग्गा की मौत के बाद पहली बार प्रकट हुआ था। कपड़े अस्त-व्यस्त ऊपर के दो बटन खुले हुए जहाँ से उसकी छाती झाँक रही थी। आँखों के डोरे लाल-लाल जैसे अभी ही बाहर गिर पड़ेंगे। बेतहाशा दारू पी रखी थी, जिसका भभका दूर तक जा रहा था।

लाड़की उसका यह रूप देखकर घबरा गयी। विचार में पड़ गयी पारयो कुतरो पेडी हाय। (जग्गा के आगे पीछे दुम हिलाने वाला यह पालतू कुत्ता काटने आया है)

-ए लाड़की देख। उस्ताद तो ऊपर चला गया। सेठ ने भी मुझे गाड़ी का उस्ताद बना दिया है। आ जा तू भी देर मत कर, दुनिया की गाड़ी रुकती नहीं है। मौज करेगी मौज।

लाड़की-चल भाग कुत्ते।

मगना-छिनाल रांड, मैं तो तुझे तब से जानता हूँ। जब गाड़ी के डाले पर लटकी-लटकी ही-ही कर हँसी ठठ्ठा करती थी।

लाड़की घबरा गयी यह राक्षस कहीं कोई अनहोनी न करदे। हाथ में एक लौटा आ गया जो बड़े जोर से दे मारा मगना के माथे पर लगा। वह बिलबिला उठा। खून टपकने लगा।

शोर शराबा हुआ। धापू बा आ गयी कराहता हुआ मगना भाग गया।

लाड़की बा के गले लगकर रोने लगी।

चुप हो जा मेरी बेटी चुप हो जा। देख मेरी मान तुझे तेरे बाप के घर छोड़ आती हूँ। अब तो जग्गा इस दुनिया में नहीं है, बेटी अकेली है पेट से है, ऐसी दशा में दया करेगा, जरूर करेगा। आखिर तेरा बाप है तेरी आई को भी समझाऊँगी।

लाड़की-मैं कहीं नहीं जाऊँगी मजूरी कर गुजारा कर लूंगी। तू ही मेरी आई तू ही जापा करा देना।

धापू उसके आँसू पोंछने लगी। ठीक है, मैं तेरी आई हूँ पर मेरी बेटी अभी कहाँ मजूरी पर जायेगी। जगह-जगह मगने भरे पड़े हैं। अभी तो अपना मान-अपमान छोड़कर औलाद की रक्षा कर उसे शांति से जन्म देने का विचार कर। बाद में तेरी समझ में नहीं आये तो बच्चे को लेकर चली आना। यह खोली भी यहीं है, मैं भी तेरी आई ही हूँ।

औलाद की सुरक्षा की बात लाड़की के गले उतर गयी। उसे हर कीमत पर जग्गा की अमानत की रक्षा करनी है।

पहले तो उसका बाप लाड़की के सामने देखने तक तैयार नहीं था, पर धापू ने समझाया।

उसका बाप बोला-जाति बाहर था। जब जात वालों के आगे गिड़गिड़ाया बेटी से कोई संबंध नहीं रखूंगा। यह हामी भरी है मेरी बेटी मेरे लिये मर गयी की शर्त पर जाति में लिया है।

धापू-गर्भवती औरत की तो शत्रु भी मदद करता है। तू जात वालों की पंचायत को बता दे जापा होने के बाद लाड़की चली जायेगी।

लाड़की की माँ के आँसू देख विचलित बाप ने पंचायत बुलायी।

बड़ के चबूतरे पर काफी मगज पच्ची के बाद खाप पंचायत की तर्ज पर फैसला सुनाया गया-लाड़की को उसके बाप के घर रहने की इजाजत इस शर्त पर दी जा सकती है कि उसके गर्भ में जो ओछी जात का कचरा भरा पड़ा है, उसका गर्भपात कराले फिर समय देखकर उसकी शादी जाति के ही किसी जरूरतमंद से करवा दी जाये।

जैसे ही बाप यह खबर लेकर आया डरी सहमी लाड़की रोने लगी-चल बा चल, जल्दी भाग चल यहाँ कंस रहते हैं, मेरे गर्भ को मार डालेंगे।

धापू क्या करती, लाड़की को लेकर लौट आयी।

सप्ताह भर बाद लाड़की ने बा के सामने प्रस्ताव रखा-अभी मेरे जापे में काफी टेम बाकी है। घर में मन नहीं लगता है, हर वक्त डर लगता है। मेरा गर्भ कोई चुरा न ले।

मैं किसी अच्छे घर में चौका वासन का काम करूं समय भी निकल जायेगा। खोटे विचार भी नहीं आयेंगे। दो पैसा मिल जायेगा आगे सन्तान की सार संभाल में भी रूपयों की जरूरत तो पड़ेगी।

तलाश करने पर लाड़की को एक बहुत अच्छे घर का काम मिल गया। उस बड़े बंगले में स्वर्ग साक्षात् घरती पर उतर आया था। अधेड़ावस्था पार कर चुके जो दो प्राणी थे पति-पत्नी दोनों ही मिलनसार। लाड़की को लगा इस घरती पर इतने अच्छे लोग भी हो सकते हैं। लाड़की ने उनको पहले ही बता दिया था। वह गर्भवती है तथा जापे की वख्त पर दो महीने की छुट्टी लेगी। वह दोनों बड़े प्रसन्न हुए-तू माँ बनने वाली है। यह तो बड़ी खुशी कर बात है।

उस बंगले में सभी सुख सुविधाओं के साथ एक प्यारा सा बगीचा था। जिसमें आम तथा अन्य फलदार वृक्ष भी थे।

रोज काम पर आते जाते एक दिन रास्ते में बचपन की सहेली काली

मिल गयी। दोनों ने अपने सुख-दुःख की कहानी साझा की।

काली ने कहा–तू तो फिर भी भाग्यशाली है, जो इतने अच्छे लोग मिल गये। यह काम छोड़ना मत। मेरे हाल देख, धणी एक कमठाणे में ऊपर से नीचे गिर गया दोनों टाँगे बेकार हो गयी। दिमागी हालत भी ठीक नहीं है। वह देख सामने वाले कमठाणे पर काम करती हूँ। घर पर कोई सँभालने वाला नहीं है सो छोटे बच्चे को भी साथ लाती हूँ। वह सामने वाले पेड़ पर जो पालना झूल रहा है। उसमें मेरा लड़का सोया है।

लाड़की–हाय राम! जा सँभाल बच्चे को कहीं कुछ हो न जाये।

काली–चिन्ता मत कर, गरीबों के बच्चों का कुछ नहीं होता है। फिर तेरे साथ तो माँ जैसी थापू बा है।

समय के साथ लाड़की के पेट का घेरा बढ़ रहा था। वांछित मातृत्व सुख से अभिभूत चेहरा खिल रहा था। मालकिन के आम का पेड़ भी खूब बौराया था। एक दिन मालकिन ने बड़े प्यार से लाड़की को बगीचे में पास वाली कुर्सी पर बैठने का इशारा किया।

लाड़की को आश्चर्य एवं संकोच तो हुआ पर बैठ गयी। देख लाड़की मेरी बात ध्यान से सुन–तेरी सारी रामकहानी का सार यही है कि तू अपनी भावी संतान की सुरक्षा और भविष्य को लेकर चिन्तित है। दोनों का एक उपाय है, सांप भी मर जाये और लाठी भी न टूटे।

देख हमारे कोई औलाद नहीं है। तू चाहे तो जन्म देकर यह संतान हमें दे दे। मुँह माँगी रकम ले लो फिर कभी लौट कर इधर मत झाँकना। अपना नया घर किसी के साथ बसा लेना।

अमीर लोगों के घर में बच्चे चाँदी की चम्मच लेकर पैदा होते हैं। तू चाहे तो तेरी संतान को भी चाँदी की चम्मच मिल सकती है। तेरे पास रहकर यह संतान क्या करेगी। लड़की हुई तो तेरी तरह कामवाली बाई बनेगी और लड़का हुआ तो खलासी या ड्राइवर बन जायेगा। हमारे तो कोई औलाद है नहीं, माँ-बाप का भरपूर प्यार मिलेगा।

लाड़की विचारों में खो गयी। नियति भी उसके साथ कितना क्रूर खेल–खेल रही है। जिसका खून है वह जात विरादरी के चक्कर में रखने को तैयार नहीं है। बाप के लिये उसका गर्भ ओछी जात का कचरा है। अपने प्रेम जग्गा की इस निशानी के सहारे वह पूरा जीवन निकालना चाहती है। उसको यह महारानी खरीदना चाहती है, ऊपर से इस इबारत को मिटा कर नयी शादी का सुझाव दे रही है।

स्त्री जाति जो सृष्टि की जननी है क्या उसके लिये पति, पिता तथा अमीर लोग सभी के दरवाजे बंद हैं। लाड़की के साथ तो यही घटित हुआ।

तभी लाड़की की तंद्रा भंग हुई। आम के पेड़ पर से अपना बच्चा छाती से लगाये एक बंदरिया दूसरे पेड़ पर कूद गयी।

लाड़की भी मालकिन के घर से भागी जा रही है।

मैं अपनी संतान किसी को नहीं दूंगी।

बाँसुरी

घड़ी की सुइयाँ मध्यरात्रि में एकाकार हो रहीं है, फिर भी शैफाली को अपने शानदार बिस्तर में नींद नहीं आ रही है। बगल में सोये जीवन सहयात्री धवल के खर्राटे एवं उसके शरीर के आरोह-अवरोह रात्रि की निःस्तब्धता में व्यवधान उत्पन्न कर रहे हैं।

शैफाली करवटें बदल-बदल कर थक गयी। कभी बदन को ढीला छोड़कर सोने का प्रयास करती, जब ये प्रयास भी निष्फल होते तो बार-बार टायलेट की तरफ जाती, कभी पानी पीती।

फिर भी नींद न जाने क्यों कोसों दूर है। कभी सोचती, धवल को जगाकर बताये कि उसे नींद नहीं आ रही है। तुम हो कि पत्नी के रोग से निश्चिन्त होकर खर्राटे ले रहे हो। दूसरे ही पल सोचती है, धवल बेचारा तो दिन-रात मोबाइल और लेपटोप पर अपने व्यवसाय में डूबा रहता है। आखिर किसी बड़ी कम्पनी का कन्ट्री हेड है। इतने बड़े पद की उसको हजार झंझटें हैं। नहीं-नहीं बेचारा सुबह का घर से निकला रात को कब आता है यह भी तय नहीं है फिर रात को कितनी भी देर से आये सुबह एक यंत्रीकृत मानव की तरह समय पर उठ जाता हैं। उसका क्या, वह तो इस नींद को कभी दिन में भी पूरा कर सकती है। धवल को कहीं यह खोटा रोग लग गया तो क्या होगा। धवल को नहीं जगाना है। वह जाग भी जाये तो मुझे नींद आ जायेगी इसकी क्या गारंटी है?

क्या किया जाये? बगल वाले कमरे में जाकर कोई किताब पढ़ी जाये या आवाज बंद कर टी। वी। देखा जाये जिससे धवल की नींद में कोई व्यवधान न हो।

ये उपाय भी बेकार ही रहे। अनिद्रा ने शैफाली को परास्त कर दिया। वह नहीं सोने देगी तो नहीं सोने दिया।

दूसरे सवेरे यांत्रिक मानव की तरह धवल तो समय पर जाग गया। एक दम ताजा गुलाब के खिले हुए फूल की तरह, लेकिन शैफाली, वह तो सोयी कब थी। उसके मुरझाये चेहरे पर तो अनिद्रा रोग की प्रेत छायाएँ पसर रही थी।

धवल जब तैयार होकर काम पर जाने लगा तो शैफाली ने अपने अनिद्रा रोग का दुखड़ा रोया।

धवल-चिन्ता न करो यह कोई गंभीर बीमारी नहीं हैं। टाई की नॉट ठीक करता हुआ बोला-आयी मीन थोड़ा वॉकिंग, जागिंग कर लो। यदि इससे भी बात नहीं बने तो थोड़ा योगा कर लिया करो।

शैफाली ने धवल के बताये उपायों पर अमल किया। सुबह वॉक भी कर रही है। जांगिंग भी कर रही है। टी.वी. के सामने बैठ कर शरीर के योग करतब भी करने लगी। फिर भी वही ढाक के तीन पात। नींद से तो उसका छत्तीस का आंकड़ा ही चल रहा है।

ऐसा भी नहीं है धवल के प्यार में कोई कमी हैं। उन दोनों ने तो प्रेम विवाह किया है और आज तक उसकी भावनाओं की कद्र भी कर रहे है। तमाम व्यस्तताओं के बाद भी धवल तो उसकी हर इच्छा पूरी करता है।

फिर भी रात आते ही अनिद्रा के विकराल डैने उसे जकड़ लेते हैं। एक दूसरे के प्रति अपने देह धर्म को निभाने के बाद जैसे निशांत के दोनों सहयात्री अपनी-अपनी दुनिया में चले जाते। धवल के खर्राटों में जैसे नींद का संगीत बजता तो शैफाली के पास लगातार करवटें बदलने का संताप।

तमाम सुख सुविधाओं से युक्त बंगले के बेडरूम का यह बिस्तर अनिद्रा से परेशान शैफाली को भीष्म की शर शैय्या से भी ज्यादा कष्टदायी

लगता था।

अब तक की शैफाली की जीवन यात्रा तो भरपूर भौतिक सुखों से लबरेज है।

विद्यार्थी जीवन से ही सहपाठी रहा धवल, प्रेम विवाह के माध्यम से दोनों विवाह सूत्र में बँध कर एक हुए। शैफाली के माता-पिता तथा धवल जिसके जीवन में संरक्षक के रूप में दूर के रिश्ते के एक चाचा ही थे, दोनों के संरक्षकों की हँसी खुशी में यह विवाह हुआ।

धवल के प्रेम में कहीं रत्ती भर भी कोई कमी नहीं हुई थी। सुख थे, कि शैफाली के पांवों में पलक पाँवडे बिछाते ही जा रहे थे। छोटे राजा के रूप में गोल्डी का जनम भी हो गया था। गाड़ी, बँगला, नौकर-चाकर, बैंक बैलेंस, मन चाही ज्वेलरी, कम्पनी द्वारा दी गयी विदेश यात्राएँ मसलन जो कुछ भी सुख की परिभाषा में आता है। वह सब कुछ शैफाली की झोली में है।

धवल की मान्यता है, बड़े लोगों के रहने का एक अलग सलीका होता है। काम वाले लोगों, नौकर-चाकरों, ड्राइवरों से उतनी ही बात की जाये जितनी आवश्यक है।

-शैफाली वह क्या है, इन सभी लोगों से एक डिस्टेन्स मेंन्टेन करना आवश्यक होता है। ये लोग पोंछा पकड़ते हाथ पकड़ लेते हैं। जरा मौका मिला नहीं कि अपनी गरीबी अथवा बीमारी की ऐसी कहानियाँ गढ़ेंगें और मदद के लिये हाथ फैलाते ही रहेंगे।

-कभी भी जब ड्राइवर गाड़ी चला रहा हो परस्पर संवाद बहुत कम करना चाहिये क्योंकि वह कभी नाराज हो जाये तो घर का भेदी लंका ढाहे वाली स्थिति होती है।

-हम इतनी अच्छी पोज़िशन में हैं तो हमारे बेटे को तो हम से भी आगे जाना है। हमारे पास कमी भी क्या है?

बड़े नेताओं और रइसों के बेटे कुछ चुनिंदा बोर्डिंग स्कूलों में पढ़ते

हैं। हमारा गोल्डी भी वहीं पढ़ेगा। अच्छे बोर्डिंग स्कूल में उसका दाखिला भी हो गया।

बंगले में एक सन्नाटा पसरने लगा। सारे काम करने के लिये तो नौकरों की फौज है।

माली बगीचे का रख रखाब कर फूलों का गुलदस्ता भी सजा कर रख जाता है। खाना बनाने वाला, साफ-सफाई वाला सभी यंत्रवत् काम करते हैं।

थोड़ी दूरी पर कम्पनी के अन्य कर्मचारियों की कॉलोनी है पर बड़ा आदमी तो अकेला ही होता है।

प्रशासन की दृष्टि से भी वह नजदीकी नहीं चाहता है। आज पहचान हुई तो कल तबादले के लिये गिड़गिड़ायेगा।

धवल के काम पर जाते ही शैफाली नितांत अकेली। कोई काम नहीं। टी.वी पर पाँच हजार चैनल भी आ जाए उसे तो देखने की एक सीमा है। किताबें पढ़े तो कितनी देर पढ़ेगी। खालीपन का राक्षस शैफाली को घेर लेता। वह विचार करती बचपन में माँ पहली रोटी गाय के लिये निकालती। वह बाहर जाकर जानवरों को अपने हाथ से खिलाती।

वह सड़क पर अपनी सहेलियों के साथ अल्ली-बल्ली, आइस-पाइस जैसे खेल खेलती और माँ मोहल्ले की औरतों के साथ चबूतरे पर बैठी बतियाती रहती थी।

यहाँ सुरक्षा प्रहरी के कारण गाय, कुत्ते और फेरीवाले तो क्या परिंदे तक पर नहीं मार सकते।

कम्पनी कभी कभार सामाजिक सेवा के अन्तर्गत कहीं प्याऊ तो कहीं वृक्षारोपण तो कभी एम्बुलेंस दान करने का कार्यक्रम करती है तो बतौर मुख्य अतिथि शैफाली को बुलाते है। इन सभी कार्यक्रमों में भी शैफाली को वह आनंद नहीं मिलता जो उसे गाय, कुत्तों को रोटी डालने में या परिंदो को पानी पिलाने में मिला करता था।

कम्पनी के कार्यक्रमों में लोग उसके उद्बोधन पर भरपूर तालियाँ बजाते पर उसे लगता इस पाखंड पुराण में उसका दम घुट रहा है। यह समाज सेवा एक ढकोसला है।

दिन के खालीपन में जो सन्नाटा शून्य पसरता, वह रात को विकराल रूप लेकर अनिद्रा में बदल जाता। आज भी रात को घड़ी दो बजा रही है शेफाली बेचैनी से करवटें बदलते थक गयी तो थक हार कर खर्राटे बजा रहे धवल को जगाया-न जाने मुझे क्या हो रहा है, बेचैनी बढ़ रही है, नींद का नामोनिशान नहीं है।

धवल-तुम लाइट म्यूजिक सुना करो, नेट, व्हाट्सएप चलाया करो। सोते वक्त पाँव धोलिया करो।

शैफाली-सारे उपाय निष्फल हो गये। कोई गीत गज़ल माँ की लोरी नहीं बन पाया, नेट व्हाटसएप तो मुझे बिल्कुल नहीं जमते। यहाँ हर दूसरा आदमी सलाहकार है, डाक्टर है, कुल मिला के आत्मप्रशस्तियों का अजायबघर है, यह नेट।

धवल ने देखा उसकी चन्द्रमुखी पत्नी अनिद्रा रोग की शिकार होकर एकदम मुरझा गयी है। तब वह भी राजा शुद्धोधन की तरह घबरा गया जो पुत्र सिद्धार्थ के वीतराग से भयभीत हुए थे। धवल को लगा संसार के सारे सुखों के समन्दर में भी शैफाली की कश्ती डूबने को हिचकोले खा रही है। क्या सुख और दुःख एक ही सिक्के के दो पहलू हैं? क्या हर सुख नया दुःख ले कर आता है या हर दुःख नई शक्ति देता है?

रात जैसे तैसे कटी। सुबह ही धवल शेफाली को लेकर पाँच सितारा अस्पताल में हायफायी मेडिकल चौक अप करवाने ले गया। आखिर रोग का कारण क्या है? शरीर के किस कोने में वह घर कर रहा है। सारी रिपोर्ट्स आगयी, कहीं कुछ नहीं मिला। किसी ने गेंद न्यूरो चिकित्सक के पाले में डाल दी। न्यूरो ने कहा यहाँ कुछ नहीं है, साइकीक को रेफर किया-

साइकैट्रिस्ट के चौम्बर से आधे घंटे में ही शैफाली बाहर आ

गयी।

-चलो धवल, इसके पास कोई इलाज नहीं है, यह तो मुझे पागल समझ रहा है। पुलिस वाले, सी.बी.आई वालों की तरह पूछताछ कर रहा है।

धवल-चलो होमियोपेथी में चलते हैं।

शैफाली-वहाँ कुछ नहीं होगा वह तो कितनी ही सफेद गोलियाँ मैं पहले ही फाँक चुकी हूँ। फिर तय हुआ आयुर्वेद की शरण में जाए।

आयुर्वेद की महिला चिकित्सक काफी अनुभवी थी। शैफाली की व्यथा सुनकर बोली-मैडम वह दुनिया का सबसे ज्यादा दुःखी प्राणी है जो रात को सो नहीं पाता है, अनिद्रा रोग से ग्रस्त है। जब सारी दुनिया नींद में खर्राटे ले रही हो और आपको नींद ही नहीं आती हो तो आपके सारे सुख वैभव के बावजूद भी आप कंगाल हो।

धवल ने हस्तक्षेप किया-डाक्टर, हम सभी जगह से निराश लौटे हैं, आप शैफाली को बचा लीजिये।

आयुर्वेद की विभिन्न बूटियाँ एवं पुड़ियों का झोला भरकर घर वे लौटे।

अनिद्रा रोग का दैत्य तो विकराल होता जा रहा था। धवल समझाता रहता-धैर्य रखो। आयुर्वेद की दवाइयों का असर होने में समय लगता है।

जब काफी समय निकल गया तो रोग असाध्य होने लगा। शैफाली को विचार आते रहते कुछ डॉक्टरों को कहता हुआ सुना जब अनिद्रा रोग क्रोनिक हो जाता है तो माथे की नसें फटने लगती है, कभी-कभी रक्तचाप बढ़ जाता है, रोगी की मृत्यु भी हो सकती है। शैफाली भीतर से काँप गयी।

अभी तो घड़ी में रात्रि के नो बजे रहे हैं। धवल को घर लौटने में घंटा दो घंटा और लग सकता है। घर में डर लग रहा है, धवल के आने तक यह बँगला छोड़कर थोड़ा सड़क पर चहलकदमी कर ली जाये। यद्यपि इस तरह टहलना स्वयं उसकी शान के खिलाफ है। धवल को भी पसंद नहीं

है। इस वक्त इस सोने के पिंजरे से बाहर निकलने के अलावा कोई चारा भी तो नहीं है।

पॉश एरिया छोड़कर वह बाजार वाली सड़क पर चली जा रही है। यकायक उसकी स्मृतियों में माँ आ गयी जिसे स्वर्गवासी हुए सात वर्ष हो गये। माँ के साथ ही लौट आया बचपन।

जब भी घर में मिष्ठान अथवा कुछ विशेष बनता माँ कहती-जा गुड्डी, अड़ौस-पड़ौस में भी थोड़ा दे आ।

वह झुँझलाती-क्या माँ? मुझे तो शरम आती है। माँ समझाती देख बेटी हमेशा सुख और खुशी को बाँटना चाहिये इससे खुशी बढ़ती हैं। दुःख में तो किसी का हिस्सा नहीं है। वह तो मनुष्य को अकेले ही भोगना पड़ता है लेकिन सुख तो बाँटा जा सकता है।

तभी उसकी नजर फुटपाथ पर पड़ी। एक बाँसफोड़ परिवार डेरा डाले पड़ा था। पुरुष तो कहीं आगे चबूतरे पर गपिया रहे थे। अस्त-व्यस्त अवस्था में मेले वस्त्रों में एक महिला खर्राटे भर रही थी। दो अधनंगे बच्चे उसकी छातियों में दूध के लिये हाथ पाँव मार रहे थे।

शैफाली ने तय किया कल दिन में आकर इस महिला से गहरी नींद की दवा पूछेगी। इसकी दुकान से कुछ खरीद भी लेगी। इसके बच्चों के लिये दूध का जुगाड़ भी हो जायेगा। शायद यह भीख लेने से मना कर दे।

दूसरे दिन जैसे ही धवल अपने काम पर चला गया। शैफाली भी अपने गन्तव्य के लिये निकल पड़ी। बाँस फोड़ का सारा सामान पालना, टोकरी, बाँसुरी सब फुटपाथ पर बिखरे पड़े थे। इक्का-दुक्का खरीददार भी खड़े थे।

शैफाली ने उस महिला को कहा-रात में जल्दी ही दुकान बंद हो जाती है। बहुत जल्दी ही तू तो खर्राटे ले रही थी। इतनी जल्दी नींद आ जाती है क्या?

-अरे बेनजी। दिन भर हाड़तोड़ मजूरी करनी पड़ती है, मुझे तो पड़ते

ही नींद आ जाती है।

शैफाली विचार करने लगी इसकी दुकान से क्या खरीदा जाये तभी देखती है उसका आदमी बड़ी तान के साथ बाँसुरी बजा रहा है, कोई बच्चा खरीद रहा है।

शैफाली भी आगे बढ़कर बोली–भैय्या एक अच्छी सी बाँसुरी मुझे भी दो।

–बैनजी सभी एक जैसी हैं, कोई भी ले लो।

शैफाली एक बाँसुरी लेकर बजाने का प्रयास करती है पर नहीं बजती है।

–भैय्या, तुम तो इतनी अच्छी तान छेड़ते हो मुझसे नहीं बज रही है।

–बजेगी बैनजी, बजेगी, थोड़ी मेहनत करनी पड़ेगी लगन रखनी पड़ेगी।

शैफाली बाँसुरी लेकर अपने बंगले पर लौट रही है। सभी सेवकों ने रोज की तरह हाथ जोड़कर उसका अभिवादन किया।

आज उसे गार्ड, माली, ड्राइवर, आया आदि सभी मनुष्य लग रहे हैं। उसने भी उन्हें नजरअंदाज नहीं किया। मुस्कराकर सभी का अभिवादन स्वीकार किया। शैफाली को लगा अवसाद एवं निराशा के बादल छँट रहे हैं।

घाव

वह सोच में पड़ गयी। उसने उसको अपने कमरे में सुलाकर कोई गलती तो नहीं की? क्या उसने कोई जोखिम तो नहीं लिया? इन्हीं विचारों में उचाट नींद के साथ सुषमा होटल के कमरे में अपने बिस्तर पर करवटें बदलती रही। यद्यपि सोफे पर पड़े मनोज ने पूरा शरीर कम्बल से ढक रखा था। उसके खर्राटे भी कम्बल से छनकर निःस्तब्ध ठंडी रात में दीवार घड़ी की टिक-टिक से साथ एकाकार हो रहे थे।

सुषमा का मन पक्ष-विपक्ष में अनेक तर्क गढ़ने लगा। क्यों उसने अपने ड्राइवर मनोज को कमरे में सोने को बुलाकर अपनी नींद खराब की।

प्रतिपक्षी मन कहता कोई चारा भी तो नहीं बचा था। डलहौजी पर्वतीय स्थल के मौसम को भी न जाने आज ही इतना बिगड़ना था। दूर पहाड़ों पर भारी बर्फबारी हो रही थी। दोपहर से ही ठंडी शीत लहरें पूरे शरीर को नश्तर की तरह बेध रही थी। वैसे ही सर्दी के दिन बेहद छोटे होते हैं। बर्फबारी वाले पर्वतीय स्थलों पर तो एकदम खरगोश की तरह सर्द हो जाते हैं।

जब उनकी टेक्सी आज शाम को होटल के पोर्टिको में आकर रूकी थी तभी अँधेरे के गहरे वर्तुल के साथ रात का घेरा चारों ओर पसर गया। खाना खाने के बाद कब रात के दस बज गये पता ही नहीं चला। वह जब अपने बिस्तर पर भी कँपकँपाने लगी तो उसे अपने ड्राइवर मनोज की चिन्ता होने लगी।

[46]

वैसे तो लगभग सप्ताह भर से चल रही इस यात्रा में उसके और ड्राइवर मनोज के बीच एक निश्चित एवं आवश्यक दूरी बनी रही। मनोज तो हर जगह पर अपनी गाड़ी में ही सोता था। सफर के दौरान भी केवल पूछे गये प्रश्न का ही जवाब देता था।

आज तो इस बेहद कँपकँपी वाली सर्द रात में सुषमा को मनोज की चिन्ता हुई। आखिर गाड़ी तो एकदम ठंडी हो जायेगी। संकोची स्वभाव का लड़का है। एकदम मेरे बेटे की उम्र का। माँ की ममता का भाव क्या उमड़ आया मन कमजोर होने लगा।

होटल के मैनेजर को फोन लगाया कोई कमरा खाली हो तो मेरे ड्राइवर को दो।

मैनेजर-सॉरी मेम आप बहुत लेट हो गयी। मौसम बिगड़ गया है। उम्मीद से ज्यादा यात्री आ गये, सारे कमरे फुल हैं।

एक पल को सुषमा का ममतामय मन चिन्ता में डूब गया। फिर अन्य कोई विचार पीछे छोड़ते हुए मनोज को फोन कर दिया कमरे में बुला लिया।

-आज बाहर बहुत ठंड है, तुम भी यहाँ सोफे पर सो जाओ और एक कम्बल आगे बढ़ा दिया।

मनोज को संकोच भी हुआ पर मालकिन के इस आदेशात्मक रुख को देखकर कुछ कह नहीं पाया। एक आज्ञाकारी सेवक की तरह कम्बल ओढ़कर सोया और पड़ते ही गहरी नींद में चला गया जिसका संकेत दे रहे हैं- उसके खर्राटे।

सुषमा का प्रतिपक्षी मन कह रहा है-यद्यपि वह उमर के सत्तर के पायदान पर कदम रख रही है और ड्राइवर मनोज हद से हद चौंतीस-पैंतीस का होगा पर उसके साथ यह जो ड्राइवर का लेबल लगा है भय का मूल कारण यही है। ड्राइवर है, पीने की लत तो हो सकती है और फिर यह रात भी इतनी सर्द है कि कहीं पीकर आया हो और आपा खो बैठ, कहीं कोई अभद्रता कर बैठे?

दूसरे ही क्षण आश्वस्त होना चाहती है। यदि पी के आया हो तो दुर्गन्ध का भभका अवश्य असर छोड़ता। इन्हीं विचारों में करवटें बदलते-बदलते यह रात उसे काफी लम्बी प्रतीत हो रही थी।

सुषमा जब भी सहज होना चाहती, बचपन में उसके साथ घटी दुर्घटना की कटु स्मृति उसे असहज करती। आज भी इस भयावह स्मृति के दंश उसके गाल पर मौजूद हैं। यहाँ तक कि उसके सारे रिज्यूमो में चेहरे के आइडेन्टीफिकेशन मार्क की तरह अपनी उपस्थिति दर्ज करवा रहा था।

जब नींद कोसों दूर हो और मन ज्ञात-अज्ञात भय से ग्रस्त हो तो व्यक्ति चाहे अनचाहे स्मृतियों के कोटर से भावी दुश्चिंताओं के मकड़जाल में उलझता चला जाता है।

कमरे में मद्धिम रोशनी का एक बल्ब जल रहा है। बीच-बीच में कनखियों से वह सोफे की तरफ झाँक लेती है जहाँ पूर्ववत् मनोज सो रहा है।

वह सावचेत रहती है। कहीं मनोज को यह पता नहीं चले कि वह भीतर से डरी हुई है। ये बहुकोणीय डर कुछ भी हो सकते हैं। मनोज से उसका परिचय चार-पाँच दिन से ज्यादा का नहीं है। वह भी एक ड्राइवर के रूप में। क्या पता रात को उसकी नकदी एवं गले की चौन या ए.टी.एम लेकर ही चम्पत हो जाये।

जो भी हो, उसको भीतर से सजग रहना होगा। पुरुषों को लेकर उसकी राय विशेष अच्छी नहीं है। वह स्वयं ही अपने आप को हिम्मत बँध ाती है। उसे किसी से डरने की क्या जरूरत है। वह अमेरिका में बरसों टेक्नोक्रेट के रूप में नौकरी कर चुकी है।

युवावस्था में जब अमेरिका गयी थी उसके सपने जितने बड़े थे उतने ही बड़े थे उसके पंख। अच्छी डिग्री, अच्छी रैंकिंग और सेलेरी का आकर्षक पेकेज वह सब कुछ था जो एक आधुनिक युवा का सपना होता है।

वहाँ जाते ही जो उसे सबसे अच्छा लगा, वह यह था कि कोई

किसी के जीवन में नहीं झाँकता है। यहाँ की दूसरों में झाँकने की भारतीय मानसिकता से उसे छुटकारा मिला। आपके अतीत और वर्तमान से किसी को कोई लेना देना नहीं है। सुषमा जो अब वैश्विक परिदृश्य के विस्तृत केनवास पर उड़ान भर रही है, अपने अतीत के सारे दंशों को दरकिनार कर जीवन के हर क्षण को जीना चाहती है।

सुषमा की भौतिक उपलब्धियों पर जब ऋतुराज बसंत ने दस्तक दी तो देह के अर्थ बदल गये। अपनी देह जब नदी का विस्तार लेने लगती है तो गुनगुनाये गीत कल-कल ध्वनि की तरह झेंत होते चले जाते हैं।

बचपन की एक दुर्घटना, जिसकी गहरी छाप उसके मन और तन दोनों पर पड़ी थी। समय का मरहम काफी हद तक कारगर भी हुआ था। पर महँगी से महँगी प्लास्टिक सर्जरी कराने के बाद भी उसकी हल्की छाप तो गाल पर ठहर ही गयी थी।

यह समय था। अपने आपको दर्पण में निहारने का, अपने ही अक्स के साथ घंटों भाव विभोर होने का। ऐसे ही तमाम क्षणों में अवरोधक की तरह खड़ा हो जाता था-गले का वह चिन्ह। फिर यकायक अपने अतीत को विस्मृति के दरवाजों की तरह धकेलने लगती थी सुषमा।

किसी साँझ को एक दूसरे के साथ ओष्ट होने के मधुरिम क्षणो में जाने कब सुषमा अपने अमेरिकन सहकर्मी एडवर्ड के प्रति ओष्ट हो गयी। उस नीली आँखों वाले भरपूर लड़के ने तो एक कदम आगे बढ़कर सुषमा को अपने मनोभाव का परिचय भी दे दिया। सुषमा ने देखा कि उसकी नीली आँखे विशाल झील का आकार ले चुकी है, जिसमें उसकी किश्ती बेपरवाह होकर बही जा रही है।

सप्ताह के पाँच दिन दोनों कठिन परिश्रम करते। काम के बीच जब कनखियों से भी हेलो हाय हो जाती तो लगता एक दूसरे की थकान मिट गयी।

वीक एंड पर दोनों कहीं भी घूमने निकल जाते। इन यात्राओं में

अलग-अलग स्थान होते। हर क्षण इतना आनंदायी था कि उन्हें लगता वे एक दूसरे के लिये ही बने हैं।

यहाँ स्वदेश में तो सुषमा के माता-पिता स्वर्गवासी हो चुके थे। स्वयं इकलौती संतान थी। यहाँ जो रिश्ते बचे थे वे भी दूर के रिश्तेदारों की श्रेणी में आते थे। सपनों के लगातार साकार होने का अवसर उसे यहाँ अमेरिका में ही मिला।

एक दिन एडवर्ड और सुषमा ने एक साथ एक दूसरे को प्रपोज किया। दोनों जब प्रगाढ़ आलिंगन में बँध गये तो समय भी उन कुछ पलों के लिये ठहर सा गया। दोनों दाम्पत्य सूत्र में बँध गये। सादगीपूर्ण विवाह में भी उमंगो का सैलाब अपने चरम पर था।

एक दिन सुषमा ने पुलकित हृदय सरोवर से एडवर्ड को घर में नये मेहमान के आने की जानकारी दी। वह जाने किस लोक में था। जब सुषमा ने झिंझोड़ा तो वह बोल उठा-वी विल प्रोड्यूस चाइल्ड एस एण्ड व्हेन रिक्वायर्ड, वी मस्ट ओप्ट अवर केरियर प्रोगेस।

सुषमा की उमंगों की फसल को पाला मार गया। अगले ही क्षण उसने तय किया कि जिस मातृत्व सुख से वह अभिभूत है वह स्त्री के जीवन का श्रेष्ठ सुख है। एडवर्ड के लिये भावात्मक आवेग-संवेग का कोई अर्थ नहीं था। वह कम्पनी की अन्य सहकर्मी के साथ देह सुख खोज रहा था।

परिणाम यह हुआ कि बिना किसी कहासुनी के ही दोनों के रास्ते अलग हो गये। शीघ्र ही एडवर्ड ने अपनी कम्पनी भी बदल ली और शहर भी। देह के धरातल पर जीने वाले लोग आत्मा का गणित क्या जानें?

सुषमा तय नहीं कर पा रही थी कि क्या पुरुष के वेष में भेड़िये ही छिपे रहते हैं। उसका पाला ऐसे पुरुषों से पड़ा है। यकायक उसने कनखियों से सोफे पर लेटे मनोज की ओर ताका और सहजता की साँस ली।

बच्चे को जन्म दिया माता-पिता दोनों की भूमिका का निर्वाह किया। सुषमा बेटे के रहन-सहन, बातचीत को देख आनंद और आश्चर्य से भर

जाती। उसका बेटा भारतीय संस्कारों से रंगा हुआ लगता है।

समाज शास्त्र की पढ़ाई करते हुए माँ से कहा-करता-माँ। यहाँ का यांत्रिक और भौतिक जीवन मुझ में ऊब पैदा करता है। इंडिया चलेंगे वहाँ गरीबी, निरक्षरता के बीच काम करेंगें तो संतोष मिलेगा।

उसकी पढ़ाई पूरी होने को आयी थी। शोध का काम हाथ में लिया ही था। वह कोई निर्मम दिन रहा होगा। जब एक सड़क दुर्घटना में उसकी मृत्यु हो गयी।

बहुत दिनों तक सुषमा सँभल नहीं पायी थी। कमोबेष अर्द्धविक्षिप्त अवस्था से गुजरी। एक दिन विचार आया इतने बड़े अमेरिका में कौन है? पति जाने किस के साथ नया जीवन जी रहा है। प्यारा बेटा भी खो चुकी है। नौकरी पूरी हो चुकी है। धन संपदा की कोई कमी नहीं है। स्वदेश लौटकर समाज सेवा की जाये। आत्मिक सुख तो मिलेगा। इससे भी बड़ी बात होगी बेटे सनातन की आत्मा को शांति मिलेगी।

गाँव और कस्बे उजड़ रहे थे। शहर अजगर की तरह अनावश्यक विस्तार ले रहे थे। उसके गाँव कस्बे के अनेक लोग यहाँ दिल्ली में शरण ले चुके थे। ऐसे ही दूरस्थ रिश्तेदार की एक सोसायटी में उसने भी फ्लेट ले लिया। शोर शराबे से दूर समाज सेवा के काम में लग गयी। जब कभी चेंज करना होता पर्वतीय स्थानों के एकांत में चली आती थी। पेकेज टूर की आपाधापी उसे पसंद नहीं थी।

फेसबुक पर प्रकट हुई बचपन की सहेली ने शिमला में हो रहे उसकी बेटी के विवाह समारोह के लिये काफी आग्रह किया था।

हिमाचल के सौन्दर्य का दर्शन करने मनमौजी की तरह निकल पड़ी थी। मनाली, रोहतांग, चम्बा, अंतिम पड़ाव था शिमला।

विचारों की श्रृंखला में पता नहीं डलहौजी की इस होटल में करवटों का अन्त कब हुआ। जब नींद खुली तो दिन काफी चढ़ गया था।

मनोज सोफे पर नहीं था। कम्बल एक किनारे पर करीने से लिपटा

हुआ रखा था। उसको फोन लगाया तो उत्तर मिला एकदम तैयार हूँ, मेम, बाहर बरामदे में प्रतीक्षा कर रहा हूँ।

रात शांति से निकल गयी। सुषमा ने ईश्वर को धन्यवाद दिया। बेटे की स्मृति में उमड़ आयी सदाशयता को मनोज ने कोई आघात नहीं पहुँचाया।

सर्पाकार पर्वतीय सड़कों पर गाड़ी भागी जा रही है। फर्क बस इतना है रोज पीछे की सीट पर बैठने वाली सुषमा, आज स्वेच्छा से आगे बैठी है। मनोज ने तो स्वयं उनके लिये पिछला दरवाजा खोला था। पर वह स्वयं आगे का दरवाजा खोलकर बैठ गयी। कौन जाने रात के सन्नाटे ने अंतरंग आत्मीय संवाद के नये द्वार खोले हों। कुछ चीजें होती नहीं हैं फिर भी घटित होती हैं।

सुषमा ने गाड़ी चलाते मनोज से कहा-तुम अपनी पसंद के म्युजिक की कोई केसेट नहीं चलाते हो?

मनोज-मेम, गाड़ी में जो बैठा हो वह चाहे तो अपने पसंद की कोई भी केसेट बजा सकता है। मेरी एकाग्रता हर परिस्थिति में समान रहती है।

सुषमा को न जाने क्यों आज अपने बेटे सनातन की बहुत याद आ रही थी। मनोज को लग रहा था-मेम आज औसत से कुछ ज्यादा ही मुखर है।

तभी सुषमा ने प्रश्न किया-मनोज तुम्हारे परिवार में और कौन-कौन है? थोड़ी देर के लिये सन्नाटा पसरा रहा शायद रोड़ पर कहीं अंधा मोड़ था।

-जी, मेम कोई नहीं, मैं अकेला हूँ।

सुषमा-ओ माय गोड, सॉरी।

-नहीं, ऐसी कोई बात नहीं है। जो सत्य है वह सत्य ही है।

-मेम, मेरी माँ तो मुझे जन्म देने के साथ ही संसार छोड़ गयी थी। कल रात जब आपने मुझे ओढ़ने के लिये कम्बल दिया तो मुझे एक अहसास

हुआ कि माँ क्या होती है।

आँसू की बूँद स्टीयरिंग पर टपक गयी।

एक बारगी तो सुषमा भी सिहर गयी, क्या उसने अनजाने में किसी सोये ज्वालामुखी पर्वत को तो नहीं जगा दिया।

मनोज-मेम, मेरे बाबा भी एक साधारण आदमी थे। वे माँ एवं पिता दोनों की भूमिकाएँ निभाते रहे। मैं पढ़ाई-लिखाई में भी कमजोर ही निकला। छोटे-मोटे मजदूरी के काम कर उनका हाथ बँटाता था।

-मेरे जवान सपनों के दिनों में जब मैं अनमना और उदास रहने लगा तो बाबा ने मेरी बीमारी को ताड़ लिया।

-बेटा, तुम्हारी परेशानी, चिन्ता जो भी हो मुझे बताओ इस उम्र में पिता मित्रवत् ही होता हैं।

-जब मैंने बाबा को बताया कि मैं एक लड़की से प्रेम करता हूँ। वह लड़की भी मुझे उतना ही प्रेम करती है। पर उसके परिवार वाले तैयार नहीं हैं।

बाबा ने कहा था-जाओ, जाकर प्रेम विवाह कर लो। तब मैंने बताया ना यह आसान नहीं है। उसका परिवार कट्टर विधर्मी परिवार है। यह तय है कि यदि विवाह कर भी ले तो वे धर्मांध लोग या तो मेरे टुकड़े कर लड़की के आगे फेंक देंगे या लड़की के टुकडे कर मेरे ऊपर फेंक देंगे। हर हाल में वो कोर्ट मेंरिज की धज्जियाँ उड़ा देंगे।

सहम गये थे बाबा, फिर कहने लगे-देख मुन्ना प्रेम का यही मतलब है कि अपने प्रिय को कोई पीड़ा न पहुँचे।

-अपने प्रेमी के सुख में ही खुशी मनाओ। उसकी देह कभी प्रेम का अंतिम अभीष्ट न हो। उसे समझाओ उसका प्रेम तुम्हारे मन में सुरक्षित है। किसी का अनर्थ करने के लिये नहीं है। यदि उसका तनिक भी अनिष्ट हो गया तो बोझा जीवन भर उठा नहीं पाओगे।

सुषमा के नेत्र सजल हो गये-फिर क्या हुआ मनोज?

-मेम, आज बाबा भी इस संसार में नहीं हैं। मैंने भी किसी से विवाह कर घर नहीं बसाया। उस लड़की ने जो घर बसाया है, उसकी खुशी ही मेरा जीवन है। यह सारी ताकत मुझे बाबा से मिली।

-मेरे प्रियतम को कोई पीड़ा न पहुँचे यही प्रेम की शर्त है। देख मुन्ना, तुझसे आज कुछ नहीं छिपाऊँगा। मैं स्वयं एक गलती का बोझ उठा कर जीवन भर प्रायश्चित के लिये तड़पता रहा हूँ। जीवन के अंतिम क्षण तक मुझे शांति नहीं मिलेगी। सुन सके तो सुन मेरी कहानी वे मेरे बचपन के दिन थे। वह लड़की मेरी हमउम्र थी, मेरे मोहल्ले के टोले की थी। दोनों की माताएँ अच्छी सहेलियाँ थी। सबसे बड़ी बात थी, जब हम गर्भ में थे तभी हमारी माताओं ने हमारा रिश्ता तय कर दिया था। जाति, धर्म, जीवन स्तर सभी समान धर्मा, कहीं कोई अवरोध नहीं। जैसे उम्र चढ़ती गयी, मेरा मन आश्वस्त होता गया यह लड़की मेरी भावी पत्नी है। लड़की भी यह बात जानती थी।

रंग रूप में तो विशिष्ट थी ही, पढ़ाई में भी उतनी ही कुषाग्र निकली। उसका ग्राफ जितना ऊँचा था उतना मेरा ग्राफ रसातल में था। पढ़ाई में फिसड्डी निकला अपने साथियों से पिछड़ता चला गया। वह तो मेरिट में आ रही थी। मेरे फेल होने का रिकार्ड बनता जा रहा था। रूपवती तो थी ही ज्ञान का अहंकार अलग था।

एक दिन मोहल्ले टोले के लड़के-लड़कियाँ कोई खेल खेल रहे थे। हीन भावना से ग्रसित होकर मैं पल-पल मर रहा था।

जब मैं भी वहाँ पहुँचा एक विचित्र अट्टहास वहाँ गूंज उठा। किशोर मन का आकर्षण या माँ की जन्म पूर्व की घोषणा हो मैं तो उसके सानिध्य और सामीप्य के बहाने तलाशता। वह मुझे चिढ़ाने के अवसर खोजती। पढ़ाई में डब्बे गोल होने से उसकी माँ भी हमसे कन्नी काटती थी।

उस दिन की घटना ने आग में घी का काम किया। उसकी सहेलियों

ने उसको छेड़ा-देख तेरे दूल्हे राजा आ रहे हैं। हमको तो ढूँढने पड़ेंगें तेरी माँ ने तो पहले ही आरक्षित कर लिया है।

तब उस लड़की ने पाँव से जूती निकाली, अरे ये लल्लूराम, इनसे तो मेरी जूती भी ब्याह नहीं करे। बेचारी माँ ये थोड़ी जानती थी। मौसी के गर्भ में हीरा नहीं ठीकरा पल रहा है।

एक साथ बच्चों की वह मंडली मेरे उपहास में ठहाके लगा रही थी। मैं निराश था, अपना अधिकार समझ मैं जिस लड़की से प्रेम करता था, उसके द्वारा किया गया तिरस्कार मैं सहन नहीं कर पाया।

मेरा मन प्रतिशोध की आग में जल रहा था। मैं अवसर की तलाश में था। इसकी विद्या के घमंड का तो मैं कुछ नहीं कर सकता था कम से कम इसके रूप का घमंड तो चूर कर ही दूँ। ऐसी हालत कर दूँ कि कोई भी दूसरा लड़का इसे पसंद ही न करे।

मुझे ज्यादा प्रतीक्षा नहीं करनी पड़ी। नवरात्रि के दिनों में वह अपनी माँ के साथ देवी मंदिर में दर्शन करने जाती थी। उसी दिन पिता नये चाकू खरीद कर लाये थे। एक चाकू लेकर में परिक्रमा के पिछले गलियारे में छिप गया। जैसे ही वह परिक्रमा पूरी करने गलियारे में आयी। मैंने ताबड़ तोड़ दो-तीन वार करके उसके गालों को लहुलुहान कर दिया। उसका खून टपक कर मेरे हाथ को लाल कर गया। वह जोर से रोने चीखने लगी मैं घबराया हुआ भाग रहा था। चाकू कहीं छूट गया। कुछ दर्शनार्थी मुझे पकड़ने दौड़े।

मैं पेशेवर अपराधी तो नहीं था। पकड़ लिया गया उम्र के हिसाब से जेल की सजा भी हुई।

लेकिन तुम्हें पता है क्या मेरी प्रतिशोध की आग ठंडी हुई। जिस क्षण उस लड़की का खून बहा मुझे प्रसन्नता के बजाय पछतावा हुआ। यह मैंने क्या कर दिया? अपने ही हाथों अपने प्रेम की हत्या कर दी। प्रायश्चित के लिये मेरी आत्मा आजीवन तरसती रही।

अपने अपराध को भूलने के लिये मैंने जीवन में गृहस्थी भी बसाई

पर मेरी आत्मा पर पड़ा बोझ एक क्षण के लिये भी कम न हुआ।

जीवन भर उससे क्षमा माँगने के लिये तरसता रहा, तलाशता रहा।

मुझे पता लगा, उसने यह देश छोड़ दिया है। उसे पुरुष जाति से ही नफरत हो गयी है।

गाड़ी रुक गयी शिमला आ गया था। सुषमा की आँखों से एक आँसू टपक उसका हाथ ड्राइवर मनोज की पीठ पर था-बेटा, जो तुम्हारे पिता जी के साथ हादसा हुआ था वो लड़की मैं ही हूँ।

ज्योति

वे दोनों बच्चे एक ही स्टापेज से स्कूल बस में चढ़ते थे। दोनों का स्कूल एक था। एक ही कक्षा में पढ़ते थे। बस और स्कूल में अगल-बगल एक ही सीट पर बैठते थे।

पहले दिन एक ही सोसायटी से निकल कर एक की मम्मी दूसरे के पापा उन्हें स्कूल बस तक छोड़ने आये थे। अभिभावकों का परस्पर परिचय हुआ। उन्होंने बच्चों का परिचय पूछा-

-क्या नाम है आपका?

-जी, दीपक।

-और इनका नाम है रोशनी।

अरे वाह भाई, क्या खूब नाम है? दोनों एक दूसरे का ध्यान रखना। यह 'ध्यान' शब्द दोनों के मन में कहीं भीतर तक उतर गया।

दोनों जब स्कूल बस में बैठते तो एक दूसरे को खिड़की वाली सीट ऑफर करते। दूसरे दिन जब दीपक कहता-

-कल मैं खिड़की के पास बैठा था, आज तुम बैठ जाओ।

रोशनी-कोई बात नहीं फिर बैठ जाओ, किसी दिन हिसाब कर लेंगे। स्कूल में भी अपने लंच बॉक्स शेयर करते। क्या पढ़ाई और क्या खेल सभी जगह एक दूसरे का ध्यान रखते, चिन्ता करते। होम वर्क को लेकर एक दूसरे

का तनाव दूर करते।

आइस-पाइस, छुपा-छुपी जैसे बच्चों के खेल में एक दूसरे को छकाते-छकाते वे आनंद से भर जाते।

दीपक चाहे कहीं पर भी छुपता पर आँख पर पट्टी बंधी होने पर भी रोशनी उसे खोज निकालती। खेल हो, चाहे पढ़ाई दोनों की मित्रता परवान चढ़ रही थी।

वे दोनों बच्चे कभी कागज की नावें तैराते। कभी बरसात की प्रथम फुँवार का आनंद लेते। कभी विस्मय से आकाश के वक्ष पर पसर गये इन्द्रधनुष का आनंद लेते। कभी स्कूल से लौटते हुए जब यकायक बरसात की झड़ी लगती तो किसी एक ही रंग बिरंगी छतरी में दोनों कदम ताल करते।

इन बच्चों को ओस की बूंदे अच्छी लगती, पर कम समय में ही इनका अवसान उदासी में बदल जाता। उड़ती हुई तितली इन्हें अच्छी लगती उसके पीछे-पीछे भागते भी थे। उसको पकड़ते नहीं थे। तितली की स्वच्छंदता उनको अच्छी लगती थी।

कभी कभार एक दूसरे से प्रश्न करते-यह पृथ्वी कैसे गोल-गोल घूमती है? क्या वाकई में नारंगी की तरह दिखती हैं?

दीपक कहता-पृथ्वी का तो मुझे पता नहीं है पर जब हम दोनों एक दूसरे के हाथ थामकर गोल-गोल चक्कर लगाते हैं तो तुम्हारी नीली फ्रॉक भी पृथ्वी की तरह ही दिखती है।

-और तुम्हारी लाल केप एक दम सूर्य के गोले जैसी फिर दोनों एक साथ खिलखिलाते।

बच्चों के पास ढेर सारी बातें हैं। वे दुनिया के तमाम रहस्य जानना चाहते हैं। प्रश्नों के उत्तर नहीं मिलने पर उदास भी हो जाते हैं।

एक दिन स्कूल वाले एक चिड़ियाघर में घुमाने ले गये तो रंग बिरंगे अनेक पशु-पक्षी देखकर दोनों चहकने लगे।

रोशनी-दीपक, तुम पक्षियों की भाषा जानते हो, देखो ये चिड़ियाएँ आसमान में उड़ रही हैं। चीं चीं चीं की भाषा में जाने क्या कह रही हैं? मुझे तो लगता है-जब इनकी आवाज हमें भी उदास कर दे तो समझो इनको कोई दुःख होगा।

दीपक-कुछ भी हो सकता है। ये बिछड़ गये होंगे। बच्चों के दाने-पानी का जुगाड़ नहीं हुआ होगा। पंख थक गये होंगे।

रोशनी-लगता है, तुम इनकी भाषा जानते हो।

दीपक-कुछ नहीं जानता हूँ, अनुमान लगा रहा हूँ।

शाम को लौटते समय वह बस किसी सुरंग के भीतर से निकलती हैं। बस में कुछ समय के लिये अँधेरा हो जाता है।

रोशनी-यह अँधेरा बड़ा डरावना है मुझे तो अंधेरों से डर लगता है।

दीपक-डर किस बात का, दीपक जलते ही रोशनी हो जायेगी। डर खत्म हो जायेगा।

ड्राइवर ने गाड़ी की बत्ती जला दी। बच्चों की धमा चौकड़ी शुरू हो गयी।

एक दिन रोशनी ने दीपक को मोर पंखी दी। कहने लगी माँ कहीं से दो मोर पंखी लायी थी। कहती है यह किताबों-कापियों में रखो तो पढ़ाई में अच्छी सफलता मिलती है। एक मैंने रखी है, एक तुम अपनी कॉपी में रख लेना।

स्कूल बस से उतरे तो देखा एक नेत्रहीन व्यक्ति लाठी को ठक-ठक बजाता हुआ सड़क पार करने का प्रयास कर रहा है।

दीपक-चलो रोशनी बाबा को सड़क पार करने में सहायता करें।

सड़क तो पार हो गयी पर रोशनी ने पूछा-

-बाबा, कितनी गाड़ियाँ आ रही है, आपको तो कुछ दिखता नहीं है,

डर नहीं लगता?

-बाबा क्या करें बेटा, तुमने तो सूरदासजी का नाम सुना ही होगा। जब बाहर की आँखें बंद हो जाती है, ईश्वर अंदर की आँखों को खोलता हैं। आहट से समझने की शक्ति देता है।

बच्चों को तो आधा अधूरा ही समझ में आया। बाबा भी अपनी राह चल दिये।

रोशनी-बेचारे बाबा, कैसे रहते होंगे। दीपक हमारी पलकें दिन में न जाने कितनी बार झपकती हैं। दिन भर एक फोटोग्राफर की तरह चारों तरफ देखती हुई फोटोग्राफी करती ही रहती हैं।

दीपक-हाँ, तुम सही कर रही हो, धड़ाधड़ न जाने कितने चित्र मन की गेलरी में चलते जाते हैं।

उमंगों से भरे दोनों सहपाठी बच्चे पढ़ाई-लिखाई, खेल-कूद और धमा-चौकड़ी करते। कभी कट्टी-बूच्ची करते तो कभी रूठते मनाते। बसंत, फागुन, आषाढ़ और श्रावण आ रहे थे, जा रहे थे।

एक दिन जब दीपक स्कूल से घर आया तो माँ प्रसाद के लड्डू बाँट रही थी।

-देख बेटा, तेरे पापा का प्रमोशन हो गया है। वे जोनल हेड बन गये हैं। अब हम लोग हैदराबाद जायेंगे।

अकेले प्रसाद खाने से दरिद्रता आती है। सोसायटी में तेरे मित्र बच्चों को भी बाँट दे।

प्रत्यक्षतः तो कुछ नहीं कहा पर दीपक के बाल मन पर पहली बार तुषारापात हुआ। नई जगह होगी न जाने कौन दोस्त मिलेंगे। रोशनी का साथ छूट जायेगा। यह सत्य ही इतना भयावह है। यह प्रसाद का लड्डू रोशनी को कैसे दे पाऊँगा। पदोन्नति की शुभकामनाओं के लिफाफे में रखा यह तो एक अशुभ समाचार है। रोशनी को कैसे कहा जाये।

माँ-क्या बात है? बेटा, यह तो बड़ी खुशी की बात है पर तू खुश नहीं लग रहा है।

संसार में माँ नाम का जीव बिना बताये ही एक कुशल अंकेक्षक की तरह सुख-दुःख की नब्ज पकड़ लेता है।

दीपक-नहीं माँ, वह बात नहीं है। सारे दोस्त छूट जायेंगे।

माँ-बेटा नये बन जायेंगे।

अब दीपक माँ को कहे भी तो क्या कहे। उसके भीतर का भावनात्मक राजमहल तो भरभरा कर धराशायी हो रहा है। जब पेड़ ही कट जाये तो चुग्गा लेकर लौटी चिड़ियाओं का हाहाकर जंगल को सुनायी नहीं देता है।

भारी मन से ही सही आखिर तो शुभाशुभ का यह समाचार रोशनी को तो देना ही है। जब प्रसाद का लड्डू दीपक ने रोशनी के हाथ पर रखा तो लगा यह लड्डू नहीं कोई पत्थर है। उस बोझ से बँधी कोई लाश भरी हुई नदी के रसातल में डूबी जा रही है।

जब डबडबाई आँखों का समन्दर बहकर बाहर आ गया तो रोशनी ने जो कहा वह सुनकर दीपक एकदम निष्प्राण हो गया।

-सुनो दीपक, जब अंधे अंकल को पार करा के घर लौटी ही थी तब मम्मी ने मेरे पापा के प्रमोशन की खबर दी। उनका स्थानान्तरण चंडीगढ़ हो गया है। मेरी मम्मी ने भी प्रसाद के लड्डू बाँटे। क्या कहूँ, मेरी तो आँखों के आगे अँधेरा छा गया। मैं तो तुम्हें वह लड्डू देने की हिम्मत भी नहीं जुटा पायी।

जैसे सूर्यग्रहण और चन्द्रग्रहण एक साथ हुआ हो। दीपक की रोशनी यकायक बुझ गयी। आखिर पानी पर तैरते बुलबुलों का जीवन कितना होता है। पूरी कलात्मकता से बने घरौंदे समय की पदचाप से धराशायी होने लगते हैं। कोई भी इन्द्रधनुष दीर्घजीवी नहीं होता है। रेलगाड़ी के सफर में स्टेशन दर स्टेशन अजनबी जुड़ते चले जाते हैं जिससे अपनापा होने लगता है वह जाने कहाँ उतर जायेगा।

माया नगरी मुम्बई से दो परिवार पदोन्नति की खुशी में विपरीत दिशाओं में उड़ गये। मुम्बई उनका मूल निवास तो था भी नहीं। रोजी रोटी जहाँ ले जाये नौकरी उसके पीछे हैं। उस जमाने में मोबाइल नामक जंतु पैदा भी नहीं हुआ था। घर में टेलीफोन संपन्नता की निशानी हुआ करते थे। इस विस्थापन में किशोर मन का विदीर्ण होना किसी ने नहीं देखा। हवा का एक झोंका सा आया, डाली से दो पत्ते टूटकर गिरे। समय उन पर अपने कदम रखता हुआ आगे बढ़ गया। महानगरों की भीड़ से उखड़े लोग नये महानगरों के उदर में जाने कहाँ समा गये।

जीवन की किताब में समय रोज नया पृष्ठ लिखता है। जीवन गतांक से आगे चलता है। नई दस्तकें आगत होती हैं, पुरानी स्मृतियाँ तथागत होती हैं। साल दर साल स्थानांतरणों के कारण विस्थापित होती रोशनी किशोरावस्था को पार करती तरूणाई के द्वार पर आ खड़ी हुई। पढ़ने लिखने में तो कुशाग्र ही थी अन्य गतिविधियों में पूरे जोश के साथ बढ़-चढ़ कर भाग लेती। क्रिकेट का खेल हो तो बल्ले का कमाल दिखाती। छात्रसंध के चुनाव हो तो तालठोककर राजनीति के मैदान में कूद पड़ती। चित्रकला प्रदर्शनी हो तो बड़े मनोयोग से नयनाभिराम छवियाँ बनाती।

रोशनी के मम्मी-पापा उसकी सफलता पर अभिभूत हो जाते।

उसके पापा कहते-देखा, मेरी बेटी का दमखम। कभी पर्वतारोही हो जाती है, कभी क्रिकेटर, तो कभी चित्रकार और कभी नेता। मेरी बेटी बहुमुखी प्रतिभा की धनी है। हमारी नाक को माउन्ट एवरेस्ट तक ऊँचा करेगी।

मम्मी कहती-सुनो जी, मेरी बेटी को काला टीका लगाना पड़ेगा उसे किसी की नजर नहीं लग जाये।

पापा कहते-माँ बाप की नजर बच्चों को नहीं लगती है। बच्चों की उपलब्धि माँ-बाप के सपनों को साकार करती हैं। यह खुशी हमारे अधूरे सपनों के पूरा होने की खुशी है।

इतने बड़े संसार में हमारी एक ही तो बेटी है। वह हमारी रोशनी है।

रोशनी-पापा इन सफलताओं का कारण क्या है, पता है आपको यह दुनिया इसके रंग मुझे बहुत अच्छे लगते हैं। मैं हर पल को जीना चाहती हूँ।

जैसे-जैसे लड़कियाँ बड़ी होती हैं माँ-बाप शादी की चिन्ता करने लगते हैं। लड़कियों की लम्बाई तो एकदम बढ़ने लगती हैं। नाते-रिश्तेदार अच्छे लड़के सुझाने लगते हैं। वैसे तो रोशनी अभी बी.एस.सी फाइनल का एग्जाम दे रही थी। शादी की उम्र भी नहीं थी पर इस चिड़िया की तरह चहकने वाली, हिरनी की तरह कुलाचे भरने वाली, शेरनी की तरह दमखम रखने वाली इस लड़की की रोशनी चारों तरफ फैलने लगी।

रिश्तेदार आगे होकर रिश्ते ला रहे थे। जब रोशनी की मम्मी कहती-मेरी बेटी अभी छोटी है।

रिश्तेदार समझाते-लड़की के माँ बाप को तो हर वक्त बेटी छोटी ही लगती है। कम से कम कोई योग्य लड़का ध्यान में तो रखो। शादी जब समझ में आये तब करना।

-माँ अभी जीवन में करने को बहुत काम पड़े हैं।

माँ बात का समापन करते हुए कहती-तेरे ध्यान में भी कोई आये तो बता देना।

रोशनी हँसती-ठीक है माँ, चिराग लेकर निकलती हूँ।

समर केम्प में रोशनी पर्वतारोही दल के साथ पहाड़ चढ़ने चली गयी। बहुत दिनों तक जब कोई खबर नहीं आयी तो माँ-बाप अनेक तरह की आशंकाओं से घिर गये।

जब पता लगा तो कलेजा मुँह को आ गया।

पर्वतारोहण दल से न जाने कब सम्पर्क टूटा फिसल कर कहीं गहरी खाई में जा गिरी।

पता नहीं कब किसने धड़कने चलती देख देहरादून के अस्पताल में पहुँचाया। जब माँ बाप वहाँ पहुँचे तो बेटी आई.सी.यू में पड़ी जीवन का जंग लड़ रही थी। डाक्टरों ने बताया कोमा में है। कब तक सेंस में आयेगी जैसे प्रश्नों का उत्तर था-गोड नोज, बी ट्रस्ट।

हफ्ते भर तक तो माँ-बाप की साँसें अटकी रही। डॉक्टर ने एकान्त में ले जाकर रोशनी के पापा से कहा-आपकी बेटी बच गयी है यह किसी चमत्कार से कम नहीं है, बट बी ब्रेव शाम तक वह बोलने भी लग जायेगी। मुझे आशंका है उसकी आँखों की रोशनी जा चुकी है। हिम्मत से काम लेना नहीं तो वह टूट जायेगी। हो सकता है बाद में कहीं कोई नयी प्रणाली का इलाज किसी बड़े अस्पताल में मिले और वह देखने लग जाये। उम्मीद का दामन न छोड़ें।

उसके पापा ने अपना सर पकड़ लिया बेटी मिल गयी ठीक हो रही है। ऊपर वाले को धन्यवाद दें या असमय बेटी के जीवन में आये इस अंधकार के लिये दीवार से अपना सर फोड़ें।

अस्पताल से छुट्टी हो गयी। घर भी आ गये। बेटी के जीवन में असमय अंधकार आ गया। बेटी की आँखों पर चढ़ा काला चश्मा, बार-बार प्रश्न करती-पापा मेरी रोशनी कब लौटेगी।

मम्मी-पापा के पास इस प्रश्न का कोई उत्तर नहीं था। पिता को लगता बेटी को एक राजनैतिक आश्वासन की तरह कब तक बहलाते रहेंगे। रोशनी की पढ़ाई छूट गयी। जीवन की सारी उमंगे अंधकार में चली गयी। रोशनी की दुनिया घर के एक कमरे में सिमट गयी।

बरसात, इन्द्रधनुष, होली के रंग, दीपावली की रोशनी सब कुछ बस स्मृतियों में था। एक व्यक्ति जन्मांध हो उसे शायद उतना फर्क नहीं पड़ता हो, जिसने रंगीन संसार देखा हो उसकी ज्योति चली जाये तो जीवन में कहर टूट पड़ता है।

रोशनी उदास, निराश एवं अवसाद में रहने लगी। बोलना भी कम

कर दिया। हाथ में लाठी रखती जिसकी ठक-ठक पूरे घर में हथौड़े के क्रूर प्रहारों की तरह यदा-कदा बजती। चेहरे का रंग भी मन की प्रसन्नता से ही तो खिला रहता है। शरीर सूखकर काँटा हो गया।

माता-पिता भी इस दुःख की काली छाया में दिन काट रहे थे। पढ़ाई छूटी, विवाह के प्रस्ताव आने भी बंद हो गये।

माँ तो इस आशंका से ही काँप उठी, नेत्रहीन बेटी का हाथ कौन थामेगा।

अपवाद स्वरूप एक दो प्रस्ताव आये भी तो उनमें कोई न कोई शारीरिक खोट थी। तो किसी का लालच इकलौती बेटी के बाप की दौलत के प्रति दिखा।

माँ-बाप के जीवन का सबसे बड़ा दुःख यह है कि संतान की पीड़ा में तड़पते रहें तथा उसकी खुशी के लिये लगातार तरसते रहें।

रोशनी के पिता उसकी खुशी के लिये दर-दर भटक रहे थे। अर्जुन की तरह उनके जीवन का यही लक्ष्य था आखिर बेटी की रोशनी कैसे लौटे। विवशता आदमी से क्या नहीं करवाती मंदिर, मस्जिद, गुरुद्वारा कहाँ-कहाँ नहीं भटके। बाबा, जोगी जती सभी को टटोल लिया। आयुर्वेदाचार्य, हकीम, होमियोपेथी, प्राकृतिक सब की खाक छान ली। रहे वही ढाक के तीन पात। इस शहर से उस शहर तक आँखों के बड़े डाक्टरों एवं बड़े अस्पतालों की शरण में गये।

संभवतः रोशनी भी जान चुकी थी। उसका रोग लाइलाज है उसने एक सन्नाटा ओढ़ लिया, कुछ पूछना भी छोड़ दिया। उम्र तो अपना सफर तय करती रही रोशनी स्वयं अधेड़ हो रही थी। पिता के सारे बाल सफेद हो गये कंधे लचक गये। बेचारी माँ वह रोशनी के दुःख में गलकर असमय विदा हो गयी जाते-जाते नेत्रदान करती गयी। पर यह परोपकार भी बेटी के जीवन में रंग नहीं भर पाया।

बहुत समय से ख़ामोशी ओढ़कर जी रही रोशनी माँ की लाश

से लिपट कर कितना रोई थी। जैसे अंधी आँखों की नदी में बाढ़ आयी हो-मम्मी पापा ही मेरी दो आँखें हैं, आज जैसे आँखें दुबारा फूट गयी। पिता के कलेजे में बाण लग गया।

मन ही मन कितना रोये थे पिता। सत्य कह रही है, मेरी बेटी नदी ने खतरे के निशान के ऊपर बहने का संकेत दिया था। पिता का रक्तचाप बढ़ गया। आखिर मैं कितने दिन का मेहमान हूँ। मेरे बाद इतनी बड़ी दुनिया में मेरी बेटी का कौन सहारा।

शोक में डूबे पिता ने फिर आँखों के बड़े डाक्टरों, बड़े अस्पतालों का पता लगाना शुरू किया। शायद विज्ञान की कोई नयी खोज हुई हो कोई नया इलाज हो। मेरी बेटी की रोशनी लौट आये तो मैं शांति से मर सकूंगा।

नेत्ररोग विशेषज्ञ की खोज के अन्तर्गत रोशनी को लेकर उसके पापा चेन्नई के एक अस्पताल में पहुँचे। रोशनी को विभिन्न प्रकार की जाँचो के लिये वहाँ भर्ती कर लिया गया। छोटे-मोटे ऑपरेशन एवं जाँचो के लिये जूनियर डाक्टरों की फौज थी। काम्पिलेकेटेड केस तथा बड़े ऑपरेशन ही अस्पताल के सबसे बड़े डाक्टर साहब करते थे।

सबसे बड़े डाक्टर साहब की टेबल पर ऐसी ही फाइलें पड़ी हैं। डॉक्टर साहब जब अपनी डायरी खोल रहे थे तब किसी पन्ने पर चिपकी मोर पाँखी नीचे जा गिरी। डॉक्टर साहब मोर पाँखी उठाते हैं तो बचपन की अनेक स्मृतियाँ जाग उठती है।

मोबाइल की घंटी बजी। डॉ साहब चौतन्य हुए।

पहले मरीज को परीक्षण हेतु पास के केबिन में मशीनों के आगे बैठाया गया। डॉक्टर साहब ने फाइल पूरी देखली नाम पढ़ा तो हाथ एक बारगी काँप गया-कहीं यह उनके बचपन की सहपाठी 'रोशनी' तो नहीं है। ओहो, सो सेड।

परीक्षण चेम्बर में बैठी दुर्बल अधेड़ावस्था पार महिला को देखते ही डाक्टर दीपक पहचान गये, यह तो रोशनी ही है।

अवसाद में डूबे दीपक ने अपने आप को सँभाला। इस वक्त उन्हें एक डॉक्टर का कर्तव्य निभाना है। रोशनी को पता लगते ही वह अतिशय भावुक हो सकती है।

डॉक्टर का शांत स्वर उभरा-मेम आँखें पूरी खोलिये मशीन के अंदर देखिये।

रोशनी के प्रज्ञाचक्षु ने आवाज से ही पहचान लिया यह तो दीपक है। अपने आप को संयत किया। यदि दीपक को पता लग गया तो कहीं उसे आघात न लगे।

डॉ परीक्षण कर अपने चेम्बर में आ गये। बीमार को तो वहीं रहने दिया। उसके अटेन्डेंट को बुलाया।

रोशनी के पिता-डॉक्टर साहब, क्या किसी ऑपरेशन से मेरी बेटी ठीक हो सकती है? यहाँ संभव नहीं हो, विदेश में कहीं इलाज हो तो मैं वहाँ भी ले जा सकता हूँ। डॉ साहब मेरी बेटी का संसार में कोई नहीं है। मेरे बाद मेरी नेत्रहीन बेटी बेसहारा हो जायेगी। कुछ भी इलाज, ऑपरेशन हो तो बताइये।

डॉ-सर। वेरी सॉरी। इस बीमारी का इस देश में कोई इलाज नहीं है। विदेश में प्रयास किया जा सकता है पर यह इलाज मैं करवाऊँगा। मेरा भी इस दुनिया में कोई नहीं है। आपकी बेटी को सहारा मैं दूंगा दरअसल हम एक-दूसरे का सहारा बनेंगें।

विस्मय में पड़ गये रोशनी के पिता क्या बात है, यह डॉक्टर तो देवदूत लगता है। यकायक प्रश्न किया-

-डाक्टर साहब आपने विवाह नहीं किया... उसकी भी एक उमर होती है। डाक्टर का संक्षिप्त उत्तर था-नहीं किया।

थोडी देर बाद-रोशनी के पिता बोले-मेरी बेटी सहानुभूति स्वीकार करे न करे क्या पता?

डॉ दीपक-अंकल, सहानुभूति की कोई बात नहीं हैं। याद करें बरसों पुराने मेघदूत सोसायटी (गोरेगाँव) मुम्बई के वे दिन। रोशनी मेरी सहपाठी थी। एक बात और है प्रेम देह के बंधन से बहुत ऊपर होता है। फिर भी आप रोशनी से पूछ लेना।

भीतर बैठी रोशनी अपने प्रज्ञाचक्षु से यह संवाद सुन रही थी। उसके नेत्रों से खुशी के आँसू छलछला रहे थे।

वादियों के पार

हे राम, न जाने घड़ी रात के कितने बजा रही है। एक-एक पल की टिक-टिक छाती पर हथौड़े की तरह पड़ रही है। क्या हुआ होगा? कहाँ देर हो रही होगी? अभी तक नहीं लौटी डोली।

अवसाद में डूबी तथा अनेक प्रकार की आशंकाओं से घिरी संतोषी देवी को नींद नहीं आ रही है। वह लगातार करवटें बदल रही है। क्या पता आजकल कहाँ काम पर जाती है। चर्चगेट वाली लोकल पकड़ कर ठेठ मीरा रोड़ उतरती है, फिर वहाँ से ऑटो लेकर घर आती है। मुम्बई मीरा रोड़ की इस साधारण सी सोसायटी में एक साधारण फ्लेट में कुल जमा दो माँ संतोषी देवी और बेटी डोली का परिवार रहता है।

संतोषी देवी उम्र के उस पड़ाव पर खड़ी है जहाँ से फिसल कर आदमी मौत की खाई में ही गिरता है। शरीर की इन्द्रियाँ क्रमषः साथ छोड़ रही हैं। जैसे-तैसे शरीर की नित्य क्रिया करती है। बिल्लौरी काँच वाले चश्मे चढ़ाओ तो भी धुंधला ही दिखता है। कान ऊँचा सुनते हैं। घुटने भी धोखा दे रहे हैं। बुढ़ापे के तमाम प्रहारों के बीच भी उनके प्रज्ञाचक्षु अपनी बेटी डोली के रूप यौवन एवं मनोभावों तथा देह यष्टि की कल्पना कर लेते हैं।

उनका पूरा दिन जवान बेटी की प्रतीक्षा में तथा रात्रि का प्रथम प्रहर उसकी चिन्ता में व्यतीत होता है। अपने काम से जब वह लौट कर आती है, तब उनको थोड़ी शांति पड़ती है। फ्लेट की एक चाबी डोली के पास रहती

है। उसी से वह दरवाजा खोलती है। बूढ़ी माँ की नींद भंग न हो इस बात का ध्यान रखती है। सधे हुए कदमों से प्रवेश करती है।

टेबल पर पड़ा खाना चुपचाप खा लेती फिर कपड़े बदल कर आहिस्ता से माँ के बिस्तर पर दूसरे छोर पर सो जाती।

इतनी सावधानी के बाद भी अँधेरे में बूढ़ी माँ का स्वर उठता—मेरी बेटी, तू आ गयी।

एक बार डोली को छूकर आश्वस्त होती तब बूढ़े शरीर को ढीला छोड़ती।

सुबह जल्दी तैयार होकर डोली अपने काम पर निकल जाती।

पहाड़ जैसा दिन काटने के नाम पर टी.वी. था। जहाँ उन्हें धुँधले चित्र दिखायी देते। आवाज बहुत ऊँची रखती तब कुछ सुनायी पड़ता। अखबार भी था, जहाँ बिल्लोरी काँच से हेड लाइन्स ही पढ़ पाती थी। कामवाली बाई गंगी थी जो दोनों टेम का खाना, चौका-बासण, झाड़ू-पोंछा कर जाती। गंगी भी इंग्लैण्ड की महारानी से कम न थी। उसको दूसरे दस घर नापने होते। उसके पास कहाँ फुर्सत थी संतोषी देवी को सुनने की।

फिर भी गंगी काम करते-करते ही बुढ़िया को सुनती रहती। ज्यादातर तो हाँ हूँ में ही जवाब देती। कभी कभार बिना माँगे ही सलाह भी देती रहती।

डोली के काम पर निकल जाने के बाद थोड़ी बहुत हलचल गंगी की ही रहती। आगे उदास दिन, मनहूस शाम जिसमें डोली की चिन्ताओं का विस्तृत केनवास होता। पैंतीस साल की हो गयी है बेटी। शादी के विषय में कभी कोई बात नहीं करती। बुढ़िया की चिन्ता यही है, चारों तरफ असुरक्षित है लड़कियाँ। आखिर यह लड़की कब घर बसायेगी। मेरे जीते जी इसके हाथ पीले होंगे या नहीं? मेरे बाद इसका दुनिया में कौन है? कभी रात को जब अवांछित देरी हो जाती तो मन में विचार आता, हो न हो डोली किसी के प्यार में पड़ी है। कभी बताती भी तो नहीं। किसी के प्यार में भी हो तो

शादी क्यों नहीं कर लेती। रोज की चिन्ता से तो मुक्ति मिले।

रविवार को अथवा अन्य दिनों में भी मेरी बात तो सुनती ही नहीं है। बस मोबाइल से चिपकी रहती है। रात को भी न जाने बालकोनी में जाकर मोबाइल पर किससे बात करती रहती है। कुछ पूछो तो नाराज होती है, झुँझला जाती है।

मैं अब बच्ची नहीं हूँ। माँ की यही चिन्ता है कि वह अब बच्ची नहीं हैं। माँ के पास एक साधारण मोबाइल है, केवल दो नम्बर सेव है। एक काम वाली गंगी का, दूसरा बेटी डोली का।

डोली की सख्त हिदायत है। ऑफिस में कभी फोन मत करना। लेकिन जब रात के आठ बजते हैं माँ डरते-डरते ही सही बेटी को फोन कर ही देती।

-डोली घर कितनी बजे आओगी? कभी कोई जवाब नहीं मिलता। कभी डाँट देती-जब काम खतम होगा आ जाऊँगी। दुबारा फोन मत करना।

माँ को मन में उसकी डाँट से भी बड़े अनेक डर थे जो उसे फोन करने के लिये विवश कर देते।

कभी डोली का फोन गलती से गंगी को लग जाता तो उसका भी चिन्ताग्रस्त स्वर आता-बाप रे, मेम अभी तक घर नहीं पहुँची। जमाना खराब है, अम्माजी… माँ के माथे पर चिन्ता की लकीरें बढ़ जाती।

वैसे तो संतोषी देवी का जीवन मुम्बई की चाल के कमरे में गुजरा। वहाँ अनेक कष्ट सहे पर सबसे बड़ा सुख था-अड़ौस-पड़ौस को जानते थे। लड़ते झगड़ते तो थे पर सुख-दुःख में एक दूसरे के काम भी आते थे।

डोली दो पैसा क्या कमाने लगी यह फ्लेट खरीद लिया। यहाँ कोई किसी को नहीं जानता। किसी को किसी से कोई मतलब नहीं हैं। यहाँ डोली की चिन्ताओं का दुःख किसके साथ बाँटा जाये।

चाहे अखबार पढ़ो, चाहे टीवी देखो हर जगह लड़कियों के साथ

बलात्कार, अत्याचार, गैंगरेप की ख़बरें प्रमुखता से भरी पड़ी है। सनसनी, तनातनी मुँए नासपिटे ये चैनल वाले जलील करने में कोई कसर नहीं छोड़ते। दुर्घटना ग्रस्त लड़की तो मानो लाश पड़ी है। चौबीस घंटे वह चैनल उसकी लाश को नोच-नोच कर खाते हैं। बहस के नाम पर जो ठेकेदार चैनल पर आते है तो लगता है भरी सभा में द्रोपदी की साड़ी तार-तार हो रही है।

कोई नई घटना होने तक गिद्ध की तरह नोचकर उस जिन्दा लाश को खाते रहते है। संतोषी देवी को यह डर अकारण भी नहीं है। उनका घरवाला तो डोली पाँच वर्ष की थी, तभी असमय चल बसा। इस मायानगरी में कितना संघर्ष कर डोली को चार किताबे पढ़ा कर थोड़ा लायक बनाया। कितने समझौते किये कब आत्मरक्षा की, यह सब उनकी देह जानती है या मन।

डोली जब छोटी थी। अड़ौस-पड़ौस में छोड़कर काम पर जाती थी तब भी बेटी की चिन्ता थी। आज जब पैंतीस वर्ष की हो गयी, रात को देर से घर लौटती है, तब भी अनेक आशंकाएँ होती हैं।

अपना घर बसाने के बारे में क्या रोड़ मेप है डोली का। माँ को नहीं पता। दफ्तर, प्रेम, विवाह किसी के भी संबंध में माँ से कुछ भी साझा नहीं करती है। माँ कुछ पूछती भी है तो बात को हवा में उड़ा देती है, टाल देती है।

माँ की अनेक चिंताओं में यह भी है कि मेरी बेटी भोली है, कहीं प्रेम के चक्कर में कोई उसे ठग न ले। कहीं कोई प्रमोशन का झाँसा देकर उसका दैहिक शोषण न करे।

ये तमाम आशंकाएँ सीधे-सीधे उससे पूछी भी नहीं जा सकती। थोड़ी हिम्मत करके रविवार को पूछने का मानस बनाया। रविवार को वह पूरे हफ्ते की थकान उतारती दिन में ग्यारह बजे तक सोती। दोपहर में आशंकाओ को गले में अटकी फाँस की तरह बाहर निकाला–

–बेटी, शादी का क्या सोचा, मतलब किसी से प्रेम हो तो वह भी

कोई परेशानी नहीं है। मेरा मतलब है एक कुँवारी लड़की का रात को देर से घर लौटना खतरे से खाली नहीं है।

बुढ़िया को पता था। बाद में कहने की हिम्मत नहीं बचेगी अतः सब कुछ एक साथ कह दिया।

डोली-माँ तुम्हारी तरह डर-डर के नहीं जिया जा सकता। चिन्ता मत करो, कोई नहीं खा जायेगा मुझे। प्रेम ऐसा तो है नहीं कि रिमोट दबाओं और किसी से हो जाये। शादी वादी..... देखेंगे।

डोली हँसने लगी। माँ के गंभीर मुद्दे हँस कर टाल दिये।

माँ मन ही मन अपनी बेटी के भोलेपन पर तरस खा रही थी। यह लड़की तो लाख रूपये वाली पुरानी कहावत भी नहीं जानती। 'हँसी के फँसी' वैसे तो माँ के मन में अनेक प्रश्न घुमड़ रहे थे। मसलन तनखा कितनी है, आय से ज्यादा खर्चे कैसे करती है? किसी की मेहरबानी है या दो नम्बर की कमाई है।

माँ ने मन मार लिया। आज के जमाने के बच्चों से तो यह भी नहीं पूछ सकते कितनी तनख्वाह मिलती है। जमाना देखते-देखते बदल गया। पहले तो घर के बड़े बूढ़ो के हाथ पर तनख्वाह रखते थे। आज तो पूछ भी लो तो बच्चे कन्नी काट जाते हैं।

किसी दफ्तर में काम करती है। दफ्तर का टाइम क्या है। देर से घर क्यों आती है? प्रेम हुआ नहीं है, विवाह अभी करना नहीं तो फिर लफड़ा क्या है? जीवन में अनेक प्रश्न उठते हैं जो बिना पूछे ही ध्वस्त हो जाते हैं। संतोषी देवी के साथ भी वैसा ही हुआ।

अनेक बार बात करती हुई गंगी से बूढ़ी अम्मा हाक लगा देती। देख तो गंगी, टीवी में क्या आ रहा है?

-गंगी ने टीवी का समाचार देखा फिर डरी आवाज में बोली। अम्मा इन लड़कियों को पुलिस ने पकड़ लिया है। यह गलत-शलत काम करती हैं। मतलब क्या कहते हैं, ये काल गर्ल हैं।

लड़कियों ने अपना मुँह कपड़े से ढँक रखा था। गोरेगाँव में किसी होटल में छापा मारकर इन लड़कियों को पकड़ा था।

माँ ने गंगी से तो कुछ नहीं कहा पर कलेजा तो मुँह को आ गया था। बिल्लोरी काँच के पार माँ की आँखें जैसे उन चित्रों को छूकर कुछ तलाश कर रही थी।

मुँह चाहे लाख ढँका हो कद काठी तथा कपड़ो से माँ टटोल रही थी-हे भगवान, इन लड़कियों में कहीं मेरी भोली भाली डोली न हो।

यकायक चित्र बदल जाते तो माँ गंगी को कहती खबरों के दूसरे चैनल बदल।

गंगी मन ही मन माँ की बेचैनी को ताड़ लेती है। सभी चैनल पर एक ही खबर गरम है। माँ ढँके सिर वाली लड़कियों में कुछ खोजती है पर उसके आश्वस्त होने से पूर्व ही चैनल खबरों का रुख मोड़ देता है।

गंगी जैसे संदेह का कोई खंजर माँ की छाती में घोप देगी-माजी अपने मेम साहब का आफिस गोरेगांव में तो नहीं है।

माँ ने भी उमर की है, यूँ किसी के सामने निरावृत्त हुआ जाता है क्या? बात को अधर में लटका देती है-मुझे नहीं पता गंगी।

गंगी फिर अपने काम में व्यस्त हो जाती है। माँ की दुविधा यह है कि दुःख बाँटने वाला मात्र एक ही पात्र हो सकता है, वह है गंगी।

माँ की मजबूरी है, गंगी ने यदि कुछ डोली को कह दिया या सोसायटी में अन्य घरों में भी कुछ बताया तो डोली के जीवन में बिना धुएँ के आग उठ जायेगी।

आशंकाएँ यथावत् थी, फिर अखबार हो चाहे, टीवी, गंगी की सहायता भी आवश्यक थी।

-माँ जी लिफ्ट में लड़की के साथ दुर्घटना हुई। सिक्योरिटी वाला भाग खड़ा हुआ।

माँ के मन के बेलगाम घोड़े उस दिशा को खोज रहे हैं। डोली का दफ्तर कहाँ है? किस माले पर है।

एक दिन गंगी खबरों का विश्लेषण कर रही थी। माँ गजब ही हो रहा है। ये बूढ़ा जो चैनल का मालिक है, वह क्या कहते किसी अखबार का मालिक है। यह सर ढक के जो लड़की रो रही है, उसी के पाप है।

माँ को कँपकँपी छूट जाती है। रात को दोस्त के साथ बस में सफर करने वाली लड़की हो, चाहे कार में जा रही लड़की हो औरत तो कहीं भी सुरक्षित नहीं है।

माँ, कहती कुछ नहीं पर उसके अंदेशे डर का रूप धर रहे हैं। टीवी चैनल से 'मानवता हुई शर्मसार'के बम रोज गिर रहे हैं।

बूढी माँ गंगी की मदद से प्रायः रोज ही समाचारों के भीतर मुर्दा हो रही लड़कियों के चेहरे टटोलती है। फिर वहाँ डोली का चेहरा नहीं देखकर खैर मनाती है। नया डर समाने लगता है, बकरे की माँ कब तक खैर मनायेगी।

अमावस की काली रात में भी वह बेटी डोली के प्रेमी की संभावना टटोलती है। कल रात को बेटी के बालों से मोगरे के फूलों की महक आ रही थी। पर वहाँ कोई वेणी तो नहीं थी। हो सकता है, प्रेम में डूबे अथवा प्रेम का नाटक कर रहे किसी लड़के ने लगायी हो। डोली ने घर आने से पहले उतार दी हो। माँ अनावश्यक पूछताछ करेगी आशंकाएँ व्यक्त करेगी।

कभी माँ डोली की अंगुलियों की तरफ प्यार से देखती। शायद प्रेम पगे किसी लड़के ने कोई अंगूठी भेंट की हो।

माँ मन ही मन झुँझलाती, क्या इतनी रूखी है डोली। क्या वह किसी को प्यार नहीं कर सकती। क्या कोई नहीं है जो उसे प्यार करे।

काश, कैसे भी विवाह कर लेती तो उसको एक सुरक्षा कवच मिल जाता।

ओहो हो, गंगी इन दुष्ट राक्षसों ने तो लड़की को तंदूर में डाल दिया।

उसके पूरे परिवार को मीडिया दिन रात जलील कर रहा है। न जाने इन्हें न्याय कब मिलेगा। मिलेगा भी या नहीं। कानून को गवाह चाहिये। क्या कहा, गंगी ये लड़कियाँ मुँह पर कपड़ा ढँके कहाँ से भाग रही हैं, यह तो बाबाजी का कोई आश्रम है। देख इस बाबा के आश्रम की कोई शाखा मुम्बई में तो नहीं है। काया का कल्याण करने गयी थी। काया ही सत्यनाश का कारण बनी।

गंगी भी जानती थी। बूढ़ी माँ की चिन्ताएँ आशंकाएँ निरर्थक नहीं है। माँ की चिन्ताओं का डोली पर कोई असर नहीं था। रात को जो विलम्ब होता था वह जारी था। माँ की उससे कुछ पूछने की हिम्मत नहीं थी। गंगी का तो उसको पूछने का कोई सवाल ही नहीं था।

माँ ने एक दिन सहमते हुए पूछा लिया-बेटी, तेरी कम्पनी तो गोरेगाँव में ही है न?

डोली-अरे माँ, वह तो मैं कब की छोड़ चुकी। आज के जमाने में एक ही एक ही कम्पनी को जीवन भर पकड़ के कोई नहीं बैठता। जो ज्यादा पैसा दे, वहाँ चले जाओ।

डोली बड़ी सफाई से यह गोल कर गयी कि आजकल कहाँ जा रही है। व्यक्तिगत जीवन में उसे किसी का हस्तक्षेप पसंद नहीं, फिर चाहे वह माँ ही क्यों न हो?

आज जब गंगी ने माँ को नया ज्ञान दिया तो उनके मुँह से निकल गया-राम राम! घोर कलयुग आ गया है। वह विचार में पड़ गयी ऐसे कैसे रहते होंगे।

गंगी बता रही थी। आजकल एक नये घर पर काम करने जा रही हूँ। वहाँ एक लड़का-लड़की पति-पत्नी की तरह रहते हैं।

मैंने वैसे ही पूछ लिया-मेम शादी को कितना टेम हुआ तो उसका जवाब सुनकर मैंने तो माथा ही ठोक लिया-वह बता रही थी आदमी और औरत आजादी से साथ जब तक चाहे साथ रहे उसे कहते हैं 'लिव इन

रिलेशन'। शादी, प्रेम विवाह जैसे किसी लाइसेंस की जरूरत नहीं होती है।

माँ विचार में पड़ गयी, क्या पता डोली कौनसे रास्ते पर जायेगी या किसी भी रास्ते पर नहीं जायेगी।

गंगी के आते ही माँ ने पूरा फ्लेट सर पर उठा लिया-गंगी, मैं तो मरी जा रही हूँ सारी रात बेचैनी में कटी। डोली अभी तक घर नहीं आयी है। उसका फोन भी बंद आ रहा है। क्या पता कहाँ होगी न जाने किस हाल में होगी मेरी भोली बेटी?

माँ जोर-जोर से रोने लगी। सुबक-सुबक कर कहने लगी। टीवी खोल कहीं कोई अनहोनी तो नहीं हुई है।

गंगी डरते हुए-मांजी दुर्घटना तो हुई पर भगवान करे मेम सही सलामत हो। टीवी, अखबार सब चिल्ला-चिल्ला कर बता रहे हैं कल रात को लोकल ट्रेन में बम विस्फोट हुए हैं।

चर्चगेट से बोरीवली तक रेल्वे स्टेशनों पर आतंकवादियों ने बम धमाके किये हैं। सारी मुम्बई जाम हो गयी है। डर ही डर फैल गया है। चैनल वाले तो लाशें गिनवा रहे हैं। अनेक यात्रियों के चिथड़े उड़ गये। अस्पताल घायलों से भर गये। अनेक लोग अपाहिज हो गये लावारिस लाशें पड़ी हैं।

टीवी खोला तो बम धमाके की खबरों का ज्वालामुखी फूट ही पड़ा। बूढ़ी माँ सतोषी देवी तो छाती कूटने लगी हाय मेरी डोली कहाँ है?
गंगी ने भरोसा दिलाया-अम्मा, इतना अशुभ मत विचारो। भगवानजी मेम की रक्षा करें।

आज बूढ़ी माँ के बूढ़े बीमार शरीर में अचानक जैसे शक्ति आ गयी-ले चल गंगी, मेरे साथ चल। भाड़े की टेक्सी कर। पुलिस के पास ले चल। उन अस्पतालों में ले चल जहाँ घायल लोग भर्ती किये गये हैं। उन मुर्दाघरों में ले चल, जहाँ लावारिस लाशें पड़ी हैं।

टेक्सी यहाँ से वहाँ छोड़ती रही। बदहवास भागने वाले लोगों में वह

अकेली नहीं थी। दुःख में सब साथ थे। जैसे ही किसी को अपना घायल परिजन मिलता वह छिटक कर अलग हो जाता। किसी का रिश्तेदार अपाहिज हालत में मिलता तो वह रोते-रोते भी यह खैर मनाता-टाँग तो चली गयी जान तो बची है।

बूढ़ी माँ की आँखों में निराशा के बादल घने और काले हो रहे थे। घायलों की भीड़ में तो डोली का कहीं अता-पता नहीं था।

जब एक पुलिस वाले ने कहा-उधर मुर्दाघर में देख लो। कुछ लाशों के तो सर ही गायब हैं।

माँ ने जैसे बिजली का नंगा तार छू लिया हो। जी कट्टा करके मुर्दाघर के बरामदे में प्रवेश कर गयी।

कदम दर कदम लाश के सर से चद्दर हटाया जाता। डोली को न देखकर एक अजीब शांति प्राप्ति होती।

क्या है मन की रचना, लाश किसी दूसरे की हो, अजनबी की हो तो दुःख का घनत्व कितना घट जाता है। माँ के हृदय की धड़कन मानो ठहर सी गयी। अंतिम लाश का कपड़ा हटाया जा रहा है। यह क्या अचानक माँ को डोली ने पकड़ लिया।

माँ, डरो मत क्या कोई खराब सपना आया? माँ डोली के हाथों को कस कर पकड़ती है, तय नहीं कर पाती है। पहले देखा वह सपना था कि यह सपना है।

चबूतरा

वह मोहल्ला भी देश के कस्बाई चरित्र की तरह मध्यमवर्गीय लोगों का सामान्य मोहल्ला ही था। चूंकि मकान हाउसिंग बोर्ड द्वारा अलॉट किये गये थे। जाति विशेष के पूर्वाग्रहों से मुक्त था। आय वर्ग के निर्धारण के साथ बोर्ड ने अन्य बंधनो से मुक्त होकर लॉटरी से क्रम में मकान अलॉट किये थे। मकान क्या थे एक कतार में रखी माचिस की डिब्बियाँ थी। दो मकान के बीच एक दीवार कॉमन थी। इस जमाने में दो भाई तो मिलकर साथ रह नहीं सकते। सरकार ने भाईचारा बढ़ाने की कोशिश की थी। लागत मूल्य घटाने के साथ।

चोर अगर एक मकान की छत पर चढ़ जाये तो पूरी कॉलोनी के मकानों को नाप सकता था। कुल मिलाकर घर इतने सटे हुए थे कि कस्बाई जीवन के अनुसार ताक-झाँक की सुविधा थी। आय वर्ग को छोड़ कर अन्य सभी विषमताएँ थी। सरकारी बाबू, मझौले व्यापारी, शिक्षक समुदाय के लोग यहाँ के बाशिन्दे थे। जमीन खरीदकर मकान बनाने की हिम्मत और हैसियत नहीं हो तो व्यक्ति ऐसे ही आशियाने ढूँढता है। कुछ लोग निवेश करने के हिसाब से भी घर खरीदते हैं।

प्रजा का अधिकार भी है, आदत भी है हर काम के लिये सरकार को कोसना। लिहाजा अपनी माचिस की डिब्बी में वह आंशिक निर्माण करा कर अपने घर को नया स्वरूप देना चाहते थे। घर एक दूसरे से मिले हो तो दिल भी मिले हों इसकी गांरटी तो नहीं हैं। मरम्मत कराने के कारणों

से पड़ौसी तो शत्रु था पड़ौसी का शत्रु स्वाभाविक मित्र हो जाता था।

मौलिक अधिकारों में तो कहीं नहीं लिखा है पर आदत प्रदत्त अधिकारों में हमारा अतिक्रमण करने का अधिकार शामिल है। सबने अपनी भावना, मंशा अथवा प्रतिस्पर्धा के हिसाब से अतिक्रमण कर रखे थे। इन्हीं अतिक्रमणों की उपज में लोगों ने घर के बाहर चबूतरे बना रखे थे। इन चबूतरों पर अलग समय में ग्रुप समूहों की बैठके होती रहती।

सर्दियों के मौसम में रामलालजी पटवारी साहब का चबूतरा आकर्षण का केन्द्र हुआ करता था क्योंकि माचिस की डिब्बी जैसे मकानों में धूप एवं रोशनी का अभाव रहता। रामलालजी का चबूतरा कुनकुनी धूप में नहाता रहता।

इस चबूतरे पर अच्छी खासी बैठक एवं गप्प गोष्ठी हुआ करती। कभी साठ-सत्तर पार के बुजुर्ग तो कभी घुटना पीड़ित महिलाओं का जमावड़ा लगा ही रहता।

ऐसा नहीं था कि अन्य चबूतरे नहीं हो पर स्टेटस सिंबल के मारे मध्यमवर्ग हर माह नया फोर व्हीलर गली की शान बढ़ाता।

घर के भीतर तो इंसानो के पार्किंग में असुविधा थी। गाड़ी कहाँ खड़ी करें। सड़क के किनारे कतारबद्ध खड़ी गाड़ियाँ चबूतरों को सुनसान कर रही थी।

पटवारी साहब तथा अन्य पड़ौसियों के पास कार नहीं थी। सो चबूतरा गुलजार रहता था। दस वर्ष पूर्व रिटायर्ड रामलाल जी पटवारी जब यहाँ रहने आये तब उनके साथ लगभग आधी उम्र की पत्नी जिसे लोगों ने गलती से बेटी समझा तथा दस वर्ष का एक पुत्र था।

प्रारम्भ से ही पटवारी साहब एवं उनकी पत्नी मोहल्ले वालों के लिये रहस्य एवं चर्चा के विषय बन गये। वे स्वयं अपने चबूतरे पर कम बैठते पर किसी को बैठने से मना भी नहीं करते। उनके घर का दरवाजा भीतर से बंद ही रहता था। प्रायः जब भी बाहर निकलते पत्नी तथा बेटे को साथ

ही लेकर निकलते थे।

चाहे दूधवाले से दूध लेना हो, चाहे बाहर पड़ा अखबार उठाना हो, चाहे ठेलेवाले से सब्जी ही क्यों न लेनी हो, पूरा विदेश मंत्रालय पटवारी साहब के हाथ में था।

मोहल्ले की महिलाओं-पुरुषों में पटवारी साहब की पत्नी को लेकर अनेक चर्चाएँ होती। अनेक रहस्य बने हुए थे। असली कारण तो पता नहीं पर लोग मानते थे-पटवारी साहब या तो अपराध बोध या हीन भावना से ग्रसित हो सकते हैं।

कुछ खबरें जो छन-छन कर या नमक मिर्च लगा कर आ रही थी बतौर इस प्रकार थी-

युवावस्था में ही पटवारी साहब की पत्नी चल बसी थी। वे दूसरी शादी के इच्छुक नहीं थे। सगा भाई तो कोई था नहीं। चचेरे भाई पटवारी साहब की पैतृक खेती पर नजर रखे थे। वे नहीं चाहते थे कि पटवारी साहब दूसरी शादी करें। पटवारी साहब की पत्नी के मरने का दुःख उन्हें सांसारिक वैराग्य की तरफ ले जा रहा था। बूढ़ी माँ की जिद थी। बेटा दूसरी शादी करे। सांसारिक बने एक पोते का मुँह देखने का अवसर दे। इसी पेशोपेश में उम्र तो भागी जा रही थी।

माँ के अथक प्रयास से अधेड़ विधुर को किसी जरूरत मंद गरीब परिवार की कन्या मिल गयी। माँ की पोते को देखने की इच्छा तो अधूरी ही रही। पोता तो हुआ पर माँ के निधन के बाद पैदा हुआ।

वर्तमान में तो पटवारी साहब के परिवार में कुल जमा तीन प्राणी हैं। उनका बेटा, के जी में किसी प्राइवेट स्कूल में पढ़ने जाता है। स्कूल बस के स्टाप तक पटवारीजी उसे रोज छोड़ने एवं लेने आते हैं। बच्चे का भी मोहल्ले के बच्चों से मेलजोल कम है। इसी कॉलोनी में एक पार्क भी है। जहाँ फिसल पट्टियाँ, छोटे बच्चों के झूले इत्यादि है। पटवारी साहब सपरिवार शाम को इस पार्क में देखे जा सकते हैं। उनका बच्चा फिसल पट्टी पर फिसलता

रहता। पति-पत्नी बिना परस्पर संवाद के पार्क की बैंच पर बैठे-बैठे बच्चे की निगरानी करते रहते।

चबूतरे पर बैठे मोहल्ले के बुजुर्गवार धूप का सेवन कर विटामिन डी ले रहे होते हैं। उनकी बातचीत में अनेक विषय होते हैं।

वे देश की गंदी राजनीति पर आक्रोश में आते। कभी शहर में हो रहे कथा आयोजनों की चर्चा तो कभी योग के द्वारा अपने शरीर को मरोड़ने के अनुभव साझा करते। कभी बीमारियों का तो कभी डॉक्टरों की लूट का रोना रोते। कभी अपने ही बच्चों की बेवफाई पर दुःखी होते। इनकी चर्चा में च्यवनप्राश से लेकर मैंथी के लड्डू आदि सब कुछ था। हर बुजुर्ग का भूतकाल उस पर सवार रहता। मसलन उसने कितनी ईमानदारी से नौकरी की। वह दफ्तर अब तीन कोड़ी का हो गया।

कभी पटवारी साहब बाहर निकलते तो इस समूह के वार्तालाप से पटाक्षेप होता। चूंकि पटवारी साहब अपनी पत्नी और बच्चों को साथ लेकर जा रहे होते हैं कनखियो से इस समूह को देखते। समूह से एकाध सज्जन सर हिलाकर संवाद स्थापित की चेष्टा करता। पटवारी साहब ताला लगाते हुए झेंपते रहते। यकायक मुड़कर तेज कदमों से निकल जाते। मानसिकता ऐसी रहती जैसे बीबी को नहीं किसी लड़की को लेकर भाग रहे हों।

उनके जाते ही बुजुर्गों की महफिल का रंग बदलने लगता। रसिक मिजाज का एकाध बुजुर्ग दायीं आँख क्या दबाता जैसे रिमोट ने चैनल ही बदल दिया हो। कहावत है जिसका चौरा (चबूतरा) सूना उसकी चाड़ी। बुजुर्गों का अध्यात्म वैराग्य कहीं हवा हो जाता। सारी महफिल पटवारी साहब पर निंदा रस में डूब जाती।

-यार, यह पटवारी भी गजब का शंकालू है। जमाना कहाँ जा रहा है और यह लुगाई को सात तालों में बंद रखता है। इतनी ही शरम आ रही है तो दूसरी शादी ही क्यों की।

दूसरा ठहाका लगाता-अरे भाई, कहाँ शरमा रहा है। चौबीसों घंटे तो

नये प्रेमी जोड़े की तरह लुगाई को गले में लटका कर घूम रहा है।

लड़की तो एकदम सीधी दिखती है। एकदम गाय का दाँत लगती है। गरीब, मजबूर, लाचार होगी तभी तो इसके पल्ले बँधने तैयार हो गयी होगी। पर अभी दिन में बिनौला निकाल कर कहाँ गया होगा। किसी मॉल में शोपिंग करायेगा या कोई नई फिल्म दिखाने ले गया होगा।

-इसके पास घर पर टीवी तो है।

-अरे यार, अपनी जवानी के दिन याद करो। कितने गुलछर्रे उड़ाते थे। छोड़ो बेचारे को ये बुढ्ढा है जोरू तो जवान है।

पटवारी साहब का चबूतरा उन्हीं की अनुपस्थिति में उनको अनावृत्त करने में लग जाता है।

एक दिन इस कहानी में नया मोड़ आ जाता है। पटवारी साहब के एकदम बगलवाला छोटा मकान, जो प्रायः बंद ही रहता है। उसका ताला आज खुला था। मकान में थोड़ी हलचल से मोहल्लावासी शंकित हुए। कहीं कोई चोरी चपाटी तो नहीं हुई है। आजकल आये दिन इस कॉलोनी में सूने मकान चोरों की सैरगाह बने हुए हैं। कुछ लोग इस आशंका में भी थे। चोरी छिपे रात को पटवारी साहब के घर में छतों के इंटरकाम रास्ते से आया हो और भाग गया हो।

जैसे-जैसे दिन चढ़ता गया लोगों की आशंकाएँ निर्मूल होती गयी। मकान के अंदर बाहर एक पच्चीस साल की लड़की दिख रही है। घर के बाहर एक पुरानी विक्की भी खड़ी है।

लोगों ने समझा कॉलेज में पढ़ने वाली किसी लड़की ने किराये लिया होगा। थोड़ी देर बाद आठ-नौ साल का एक लड़का भी बाहर निकला। कुछ लोगों ने अनुमान लगाया अकेली कैसे रहेगी यह समझ कर छोटे भाई को साथ लायी होगी। दोपहर होते-होते एक नया दृश्य सामने आया लड़की छत पर कपड़े सुखाने चढ़ी। दुनिया का आठवाँ आश्चर्य यह हुआ कि आज पटवारी साहब के स्थान पर उनकी पत्नी भी लगभग उसी समय कपड़े सुखा

रही थी। अब तक पटवारी साहब ही यह काम करते थे। मोहल्ले के लोग हँसी ठठ्ठे में आनंद भी लेते। बेचारा पटवारी लुगाई के कपड़े तक सुखाता है।

छत पर उन दोनों समवयस्क महिलाओं की परस्पर थोड़ी हाय हेलो भी हुई।

शाम होते-होते लोगों ने अनुमान लगाया, हो न हो पटवारी साहब ही नयी किरायेदार पड़ौस में लाये हों। मोहल्ले में तो उनकी पत्नी की किसी के साथ पटरी बैठती नहीं है। पत्नी का एकाकीपन दूर करने या चौबीस घंटे की निगरानी से निजात पाने का शायद यह उपाय खोजा हो। हो सकता है यह लड़की पटवारी साहब अथवा उनकी पत्नी की दूर की रिश्तेदार हो।

लोगों के पास आशंकाएँ करने के पर्याप्त आधार भी थे। एक घटना तो कुछ दिन पूर्व में ही अखबार में आयी थी।

एक ऐसा समाज जो शुद्ध शाकाहारी है। जहाँ लहसुन, कांदा भी खाना वर्जित है। घटते लिंगानुपात के कारण लड़कियों की कमी है। अब यह समाज दक्षिण भारत हो चाहे बंगाल जहाँ से मिले विवाह योग्य लड़कों की शादियाँ करवा रहे हैं। ऐसी ही खबरें चबूतरा बैठक की चर्चा में रहती थी।

एक बुजुर्ग बता रहे थे-शुद्ध शाकाहारी परिवार कहीं से लोखन भंगार खरीदने वाले की लड़की ले आया। महीने भर में ही वह लड़की सारा मालताल लेकर रातोंरात कहीं चम्पत हो गयी। दूसरे ने कहा-क्या पता किसी नये लड़के का घर बसा रही हो।

दरअसल चबूतरे की बैठक से ऐसे समाचारों का प्रसारण एक तीर से दो शिकार थे। रामलालजी पटवारी साहब भी सुन ले यदि ऐसा कोई खटका हो तो सावधान भी रहे।

आज की ज्वलन्त समस्या थी-पटवारी साहब की नई पड़ौसन का पता लगाना क्योंकि यह कोई मुम्बई, दिल्ली शहर तो है नहीं कस्बाई चरित्र है। हर किसी को फटे में टाँग अड़ाने का अधिकार है।

यह नयी लड़की तो थोड़ी बिन्दास भी लगती थी। सलवार कुर्ता ही पहनती। घर पर होती तो मेक्सी में रहती। लगता यही है कोई कॉलेज में पढ़ने वाली लड़की हो। प्रायः विक्की पर भी इधर-उधर जाया करती कभी बालक साथ होता तो कभी अकेली।

पटवारी साहब की पत्नी तो साड़ी पहन माँग में सिंदूर लगा कपाल पर बड़ी बिन्दी लगाती एवं ठेठ भारतीय महिला की तरह रहती। दोनों के बीच छत पर होने वाले वार्तालाप की अवधि लगातार बढ़ रही थी।

चबूतरा कमेटी के लिये यह नई लड़की शोध का विषय तो थी ही, अब यह बुजुर्ग पीढ़ी शारीरिक रूप से कमजोर अवश्य थी। बचपन में तो शुद्ध देशी खाया और युवावस्था में किराये पर लाकर सारे जासूसी उपन्यास पढ़े हैं। कुछ ने चन्द्रकांता संतति पढ़ रखी है। ऐयारी के फन में भी माहिर हैं। एकाध साहित्यिक किस्म के पढ़ाकू बुजुर्ग ने मुंशीप्रेमचन्द की निर्मला से लेकर शरद चन्द्र चटर्जी तक की नायिकाएँ खंगाल रखी हैं। हर बुजुर्ग का मोहल्लों की रहस्यमयी नायिकाओं के लिये एक फुट नोट होता था। शरीर कमजोर हो रहे थे, दिमाग तेज हो रहे थे।

आखिर रामलालजी की पड़ौसन की जानकारी जो मिली वह कुछ इस तरह की थी। इसी कस्बे में कहीं उसकी ससुराल है। पड़ौस में कस्बे में उसका मायका है। उसके पति की पड़ौस के गाँव में कहीं सरकारी स्कूल में अध्यापक की नौकरी थी। मायके में बूढ़ी लाचार माँ थी। चूंकि ससुराल में देवरानियों और जेठानियों के साथ इसकी पटरी नहीं बैठती थी। पति ने रोज के गृह कलह से तंग आकर जहाँ नौकरी थी, उसी गाँव में रहने का फैसला किया यह जो बच्चा उसके साथ है उसका भाई नहीं बेटा है। अच्छी खासी गृहस्थी चल रही थी पर शायद नियति को यह मंजूर नहीं था। एक दिन जिला मुख्यालय से लौटते हुए उसकी मोटर साईकल किसी बड़े ट्रक से टकरा गयी थी। ब्रेन हेमरेज के कारण उसकी तो तत्काल मृत्यु हो गयी। विवशता में आठ-दस महीने इसे ससुराल में रहना पड़ा।

इसकी इच्छा थी पति के स्थान पर मिलने वाली अनुकम्पा नौकरी

करने की। श्वसुर उसे समझा रहे थे-देख तू नौकरी करके कहाँ-कहाँ भटकेगी। तुझे तो पारिवारिक पेंशन मिल जायेगी। माँ-बेटे दोनों का गुजारा हो जायेगा। सरकार में लिख के दे दे यह अनुकम्पा नौकरी वयस्क होने पर मेरे बेटे को दी जाये। कम से कम तुझे जीवन में बेटे के रोजगार की चिन्ता तो नहीं रहेगी। तुझे तो आजीवन पेंशन मिलती रहेगी सो अलग।

उस समय की परिस्थिति और भावुक मन को यह प्रस्ताव अच्छा लगा था। उसने दोहरे फायदे के चक्कर में लिख के भी दे दिया। शीघ्र ही उसे अपनी गलती का एहसास हो गया।

पति के सदमें के प्रारंभिक दौर में उसे परिवार के सदस्यों का व्यवहार आत्मीय एवं सहानुभूति पूर्ण लगा। मनुष्य शीघ्र ही अपने मूल स्वभाव की और लौटने लगता है।

गृह कलह पूर्ववत् प्रारंभ हो गये। इसमें पहले से ज्यादा कर्कशता आ गयी। शब्दों एवं व्यंग्य बाण में इसके पति की असामयिक मृत्यु का ठीकरा भी इसके माथे फोड़ा जाने लगा।

उसने नये सिरे से जीने की हिम्मत जुटायी। पति तो अब संसार में नहीं है पर उसका पाला तो चौबीसों घंटे इसी संसार से पड़ेगा। उसे अपने बच्चे को पाल पोसकर बड़ा भी तो करना है। सरकार से इतनी पेंशन तो मिल रही है, जो दोनों का भरण पोषण हो सके। ससुराल से दूर इस कॉलोनी में यह छोटा मकान खोज लिया। अपनी गृहस्थी का सामान पति की विक्की लेकर बेटे के साथ यहाँ चली आयी। घर छोड़ते वक्त सास-ससुर मान मनुहार करते रहे पर जब यह नहीं मानी तो मान मनुहार का स्थान गाली गलौच ने ले लिया। यहाँ आकर जैसे पटवारी साहब की पत्नी दो मायनस-मायनस मिलकर प्लस हुए।

चबूतरा टीम के पास जैसे अर्धसत्य थे, उसी के आधार पर उनके कयास थे। इन महिलाओं की बढ़ती नजदीकियाँ उनके लिये चर्चा और अनुसंधान का विषय था।

पटवारी साहब का चबूतरा न हुआ जैसे विपक्षी दलों की कोई बैंच हो गयी। विपक्षी जैसे बेल में आकर पटवारी साहब पर पर्चे फैंक रहे हो।

पटवारी साहब आजकल खराब स्वास्थ्य के कारण बहुत कम बाहर निकलते। उनकी पत्नी नयी पड़ौसन के साथ विदेश मंत्रालय संभाल रही थी। मोहल्लेवासी महिलाओं-पुरुषों के साथ उनकी दूरी यथावत् थी। इन परिवारों का अंतरंग गोपन भी उनके लिये रहस्य बना हुआ था। दोनों के बेटे समवयस्क थे सो उनकी जोड़ी जम गयी थी।

आदमी को पता नहीं चलता है कि प्रकृति की क्या व्यूह रचना है? उसके मन में तो यही रहता है कि उसे तो अभी संसार में सालों साल रहना है। यह नश्वर संसार तो अपने वाली पर आ ही जाता है।

एक दिन सुबह सवेरे पटवारी साहब के घर दरवाजा शायद पहली बार पूरा खुला था। पटवारी साहब की पत्नी दहाड़े मारकर रो रही थी।

-मेरे संजू के पापा को क्या हो गया है? न हिलते है, न डुलते हैं। बचाओ-बचाओ अस्पताल ले जाओ।

नई पड़ौसन पास बैठी ढाँढस बँधा रही थी-अभी मैं ऑटो लेकर आती हूँ। अस्पताल ले जाते हैं।

मोहल्ले के बाशिन्दे एवं महिलाएँ इकट्ठी हो गयी उन्हें किसी अनहोनी का अंदेशा हो गया था। एक सज्जन जो रिटायर्ड वैद्य थे पटवारी साहब की नाड़ी, आँखें और धड़कन देखकर कहते हैं-पटवारी साहब अब इस दुनिया में नहीं हैं। लगता है साइलेंट अटेक से इनके प्राण गये हैं।

आपात धर्म और दुःख की घड़ी में मोहल्ले के बाशिंदों ने सदाशयता दिखायी। पत्नी के जार-जार आँसूओं के बीच अंतिम यात्रा की तैयारी प्रारम्भ हुई। पड़ौसन साये की तरह ढाँढस बँधाती रही।

जिसके ऊपर गाज गिरी है उसके अलावा दूसरों के लिये दुःख एकदम अल्पजीवी होता है। थोड़ी देर में ही शमशान की शांति चर्चाओं की चुहलबाजी में बदलने लगती हैं।

पटवारी साहब का चबूतरा भी तेरहवीं तक शोक मग्न रहा।

जीवन अब पटरी पर लौटने लगा। एक साथ दो युवा विधवाएँ और उनकी अंतरंगता के कारण लोगों की अघोषित चौकसी बढ़ने लगी।

महीने भर बाद चबूतरा कमेंटी यथावत् थी। बैठकें भी जारी थी। दो महिलाओं की अंतरंगता चरम पर थी। एक दिन पटवारी साहब की पत्नी कहीं बाहर जाने के लिये निकली तो चबूतरे पर अनेक लोगों के चश्मे हिल गये।

पटवारी साहब की पत्नी ने जैसे व्यू प्रोफाइल चेंज किया हो। वह साड़ी के स्थान पर एकदम नये सलवार कुर्ते में थी। माथे पर बिंदिया भी थी कलाइयों में नई चूड़ियाँ। वह तो पड़ौसन के साथ विक्की पर कहीं फुर्र हो गयी।

चबूतरे से कमेंन्ट आ रहे थे-घोड़ा गधा साथ रहे तो घोड़ा हिनहिनाना छोड़कर रेंगता ही हैं। कभी गघे को हिनहिनाते नहीं देखा।

किसी ने कहा-बेचारा पटवारी न जाने किस दुःख में मारा गया।

एक दिन मध्यरात्रि वह जाने इनकी छत से कूदकर कौन भागा के अलग-अलग कयास थे। कोई चोर कह रहा था तो कोई वांछित अतिथि बता रहा था। जो भी हो इस घटना के बाद पटवारी साहब के पड़ौस वाली युवती को मकान मालिक ने घर खाली करने को कहा। उसको मरम्मत करवानी है।

मोहल्ले के लोगों के लिये आगे कौतूहल था। लोगों ने देखा पटवारी साहब की पत्नी ने ही अपने घर में उसको एक कमरा दे दिया। दोनों एक ही घर में रहने लगीं। कुछ युवक कटाक्ष में कह रहे थे-इनकी दोस्ती तो धर्मेन्द्र अमिताभ की तरह तगड़ी दोस्ती है।

दिनोंदिन इनकी साथ-साथ आवाजाही बढ़ती ही जा रही थी। चाहे मेले-ठेले हो चाहे उत्सव-त्यौहार सभी जगह साथ-साथ।

एक दिन ये दोनों घर के भीतर हीं थी। बाहर चबूतरा कमेटी धूप सेक रही

थी। कमेटी की मान्यता थी पटवारीजी की पत्नी सीधी है एकदम गऊ। इसकी पड़ौसन तेज है वह ही इसको मार्डन बना रही है।

चबूतरे की चर्चा देश और राजनीति से फिसलकर इन्टरनेट और मोबाइल से चिपकी रहने वाली पीढ़ी पर आ गयी।

निष्कर्ष यह निकल रहा था। हर जगह अनुशासन, धाक जरूरी है। समाज स्वच्छंद हो जायेगा तो विंतियाँ फैल जायेंगी। अचानक किसी बुजुर्ग ने दबी जबान से कह दिया–

बेचारी ये दो बच्चियाँ इनको भी दूसरी शादी कहीं कर लेनी चाहिये। बात शायद अंदर पहुँच गयी थी। बातें तो पहले भी अन्दर पहुँचती होंगी पर आज का नजारा तो अलग ही था–

गऊ दिखने वाली पटवारी साहब की पत्नी मेक्सी में ही रणचंडी बनी पड़ौसन के साथ बाहर आ गयी।

किसके लड़के हैं जो हम से शादी करने को तैयार है। हो तो बारात लेकर आ जाओ।

यह चबूतरा खाली करो। पंचायती करने के लिये नहीं, एक-एक कर सारे बुजुर्ग चुपचाप खिसक गये।

लाश

धू-धू कर चिता जल रही है। बबली की देह पंचतत्व में विलीन हो रही है। बबली के पति गोमना का निष्प्राण और भावशून्य चेहरा चिता की लपटें एकटक देख रहा है। उसकी आठ वर्षीय बेटी मुन्नी माँ को लेकर इतना रोई कि उसकी हिचकियाँ बँध गयी। मुन्नी नश्वर संसार के इस जीवन-मृत्यु के खेल से अनभिज्ञ है। आई की बीमारी तथा थकान से चूर होकर बाबा की जाँघ पर सिर रखकर लेट गयी है। कल रात तक उसकी आई बीमार एवं दुर्बल हाथ उसके सिर पर फेर रही थी। फर्क यही है, यहाँ शमशान में उसका बाबा सर पर हाथ फेर रहा है। अस्पताल से शमशान की चिता पर रखे जाने तक कितने तो सवाल पूछे थे उसने बाबा से। बाबा के पास कोई उत्तर नहीं थे। बस बच्चों की तरह फूट-फूट कर रोया था, उसका बाबा। सहम गयी थी मुन्नी। अब तक उसने कभी बाबा को रोते नहीं देखा था। यदा-कदा आई रोयी भी थी तो बाबा बच्चे की तरह समझा बुझा के उसे चुप कराता।

कौन था गोमना, कौन थी बबली शायद वे स्वयं भी नहीं जानते थे। फुटपाथों पर जन्म होने वाली और फुटपाथों पर ही मरने वाली बड़ी आबादी का प्रतिनिधित्व करते हैं-बबली और गोमना जैसे लोग। वंश और जाति तो दूर की बात है अपने माता-पिता तक को नहीं जानती है यह जमात।

किसी फल वाले की दुकान पर काम करते बाल श्रमिक से बड़ा हुआ था गोमना। फल की दुकान पर सेव फल, मौसमी, संतरा, तरबूज, अनार

तथा अमरूद नारियल तक के रख-रखाव की प्रकृति से बाकिफ हुआ था गोमना। हुनरमंद व्यापारी की तरह हॉक लगाकर बेचना था फल।

-सर, पूरा पानी से भरा नारियल, सेठजी एकदम मीठे संतरे, बहनजी-यह लो ताजा सेव फल।

जब दूसरे दिन लौटकर आया ग्राहक कहता-अरे भाई, कल तो तैने कमाल के मीठे अमरूद दिये-कल जैसे ही पूरा पानी वाला नारियल देना, मेरी बीमार माँ को कल तेरा नारियल पानी पी कर शांति मिली उसकी बेचैनी कम हुई।

गोमना की प्रसन्नता का ठिकाना नहीं रहता। पर इन फलों को ताजा रखने के लिये उसे कितनी मशक्कत करनी पड़ती। सड़े-गले फल कौन खरीदे? माल बेचने का सही समय और हुनर न हो तो फलों को सड़ने में कितनी देर लगती है।

गोमना के मन में था फल की दुकान। यह गुमटी लगाने की न तो हैसियत है न पैसा। यदि ठेलागाड़ी का इन्तजाम हो जाये तो किराया, पगड़ी की झंझट भी न रहे। फेरी लगाकर फल बेच सकता है। पहले जेब में ठेलागाड़ी खरीदने लायक पैसा तो आये। इसी सपने को पूरा करने के लिये उस दुकान पर कठिन परिश्रम करने लगता।

दुकान मालिक गोमना की मेहनत एवं ईमानदारी से खुश था। उस पर भरोसा भी करने लगा था। कभी कभार दुकान उसके भरोसे छोड़कर घरेलू कामों के लिये भी जाया करता था। जब पहली बार सेठ ने उसे सेव फल दिया। ग्राहक आ गये तो उसने एक तरफ रख दिया सोचा बाद में खा लेंगे।

सेठ को अचानक कहीं जाना पड़ा।

तभी दुकान के सामने कटोरा आगे किया था-उस भिखमंगी लड़की ने। शरीर पर आधे अधूरे फटे कपड़े जहाँ से यत्र-तत्र उसका धूल मिट्टी से भरा शरीर झाँक रहा था। चेहरे पर गंदे बाल बेतरबीन फैले हुए, लगता था

कई दिनों से मुँह नहीं धोया है।

-कल से भूखी हूँ। कुछ खाने को दे।

पहले तो गोमना को लगा ये सड़क पर भीख माँगने वाली लड़कियाँ झूठी और मक्कार होती है। आड़े टेढ़े सब धंधे करने में माहिर होती हैं। जब उसने उसके चेहरे पर भूख की भाषा पढ़ी तो लगा लड़की झूठ तो नहीं बोल रही हैं।

गोमना ने अपने लिये रखा सेवफल उसके कटोरे में डाल दिया। बात आयी गयी हो गई। दो-चार दिन में एक बार तो आ ही जाती थी वह लड़की।

गोमना ने कभी फल की चोरी नहीं की या तो अपने हिस्से का फल या खरीदा हुआ फल उसे देता था।

आखिर एक दिन गोमना ने पूछ लिया-ऐसे कब तक भीख माँगती फिरेगी। किसी से ब्याह कर घर बसा।

-नाली में उपजे-निपजे नाली में ही मरने की जिंदगी है। कौन हमारे साथ घर बसाये।

गोमना-चल मैं तैयार हूँ, तू तैयार है?

लड़की-घर बसाने लेक तो हूँ नी हमारे जैसी सड़क छाप छोरियों के साथ कोई नी है।

गोमना-भूल जा, सब बातों को। यह भी भूल जा तू गंदी नाली की रहने वाली है।

जीवन में पहली बार उस मैंली कुचौली अधनंगी लड़की की आँखों में चमक आयी थी।

गोमना की गृहस्थी बबली के साथ आबाद हुई। गोमना भी किसी गोदाम के कबाड़खाने में किसी खोली में रहता था। उसकी चौकीदारी के एवज में खोली का भाड़ा था। फुटपाथ की सड़क छाप गरीबी में से ऊपर

उठकर निम्न वर्ग के आत्मसम्मान का भाव जागृत हुआ। दिन भर की मशक्कत दिन की रोटी तथा ऊपर कच्ची ही सही छत हो।

बबली की मानसिकता भी बदलने लगी। उसे पता चलने लगा, इस रूखी सूखी रोटी के पीछे भी गोमना की कितनी मेहनत है। गोमना ने उसे कभी काम पर जाने के लिये कहा नहीं पर उसे आत्म ग्लानि होती।

एक दिन बबली ने गोमना को कहा–मैं भी कहीं दो-चार घरों का काम हाथ में ले लूँ पर एक डर लगता रहता है। जब कुछ समझ ही नहीं थी तब से मुझे जो परेशानियाँ हुई मेरे बदन के साथ छेड़छाड़ हुई वह याद कर रोना आता है। चाहे पुलिस वाला हो, चाहे मवाली खलासी, डरा धमका कर मनमर्जी कर जाता। अब यदि कहीं गयी मेरे साथ ऐसा वैसा कुछ हो गया तो फंदे से लटकने की नौबत आ जाये। अब सड़क छाप तो हूँ नहीं आखिर तो तेरी लुगाई हूँ।

क्या उत्तर थे गोमना के पास इन प्रश्नों के। कुछ विचार कर कहता–एक तो मन से डर को निकाल दे। जितना डरोगे दुनिया डरायेगी। काम पर जाये न जाये तेरी इच्छा। गरीब आदमी भी रूखी-सूखी खा कर रह सकता है शर्त यही है कि सपने देखना छोड़ दे। कहने को तो लोग कहते हैं जिसने हाथ दिये हैं वह ही चबैना भी देगा। मेरी समझ में तो यह सही नहीं है। आज तक यह देखा है कि खाली हाथ कभी मुँह में नहीं जाता है। मजूरी करेगा तो खायेगा।

काम पर जाने नहीं जाने की इस उधेड़बुन में गोमना और बबली की गृहस्थी में तीसरे प्राणी के आने की दस्तक पड़ने लगी। बबली संभावित मातृत्व सुख से अभिभूत होने लगी। गोमना की खुशी का भी कोई पारावार नहीं था।

सही समय पर बेटी ने जन्म लिया। पति-पत्नी भाव विभोर हो जाते हमारी मुन्नी कितनी सुंदर। इस तरह बच्ची का नाम ही मुन्नी पड़ गया। परिवार बढ़ने से खर्चे तो बढ़ते ही हैं। आय तो नहीं बढ़ती। आय बढ़ाने

का संभावित विकल्प भी अभी तो बंद था। गोमना मानता था अभी मुन्नी छोटी है। सार सम्भाल का समय है, बड़ी होगी तब देखेंगे।

बबली का तो पूरा दिन मुन्नी की सार सम्भाल और लाड़ प्यार में ही निकलता। गोमना तो सवेरे से फलफूल की लारी लेकर सड़क दर सड़क हाँक लगाता-ताजा अंगूर, ताजा संतरे ले लो।

दिन भर चक्कर घिन्भी की तरह घूमता रहता। दो-तीन दिन की उध्रारी पर फल मिलते थे। रोज कमाओ, रोज खाओ वाली स्थिति थी। कभी बीमार हो गये या बरसात के दिनों में मूसलाधार बरसात में ठेला बंद रहता तो तीसरे दिन खाने के लाले पड़ते। कभी-कभी विचार करता किसी ने सही कहा है "कुम्हार फूटी हाँड़ी में ही खाता है"। इतने ताजा फल है पर मेरे परिवार के नसीब में तो रोटी का टिक्कड़ ही है। अमीरों के तो जानवर भी ताजा फल खा रहे हैं।

आये दिन मुन्नी की देखभाल एवं बीमारियों के कारण भी वह ठेले पर पूरा समय नहीं दे पाता। कभी मुन्नी को टीका लगवाने, कभी कोई खुराक पिलाने और कभी बीमारी में अस्पतालों के चक्कर काटता।

देखते-देखते मुन्नी आठ साल की हो गयी। बबली को अपना बचपन अपने दुर्दिन याद आ जाते। उसकी पहली प्राथमिकता मुन्नी की सुरक्षा है। वह काम पर भी जाये तो मुन्नी को किसके पास छोड़कर जाये। रूखी-सूखी खा लेगी पर अकेली मुन्नी को वह इस कीचड़ में नहीं गिरने देगी, जिससे वह बाहर निकली है।

नतीजा था आर्थिक अभाव क्योंकि खर्चे बढ़ रहे थे। लेकिन गरीब की हालत तो बैर के पेड़ जैसी है। जहाँ हर शाखा पर दो ही पत्ते रहते हैं कभी तीसरा पत्ता नहीं उगता है।

माँ-बाप ने तो गरीबी से समझौता कर लिया था। पर मुन्नी को तो गोली, बिस्किट, खिलौने सब कुछ चाहिये। बच्चे गरीबी-अमीरी की सीमा रेखा को नहीं जानते हैं वे तो उमंगों की दुनिया में रहते हैं।

शहर में लगातार बरसात हो रही है। सप्ताह भर से सूर्य देवता के दर्शन भी नहीं हो रहे हैं। सड़क पर तथा ठेलागाड़ी में घूम घूम कर सामान बेचने वाले लोगों के लिये यह समय मंदी का होता है। थोड़ी बहुत बचत हो तो खाओ, नहीं तो गोविन्दा गाओ। इसी मंदी में गोमना के कड़की के दिन आये। ऊपर से बबली को भी बुखार रहने लगा। गयी रात को जब उसका माथा बुखार में तप रहा था तो गोमना को कुछ सूझा नहीं। रात को सिर पर पानी की पट्टियाँ रखकर रात काटी। सवेरे भी जब बुखार नहीं उतरा तो सरकारी अस्पताल ले गया।

सरकारी अस्पताल और कांजी हाउस में कोई फर्क नहीं है। डाक्टर ने बताया इसको तो टायफाइड है, भर्ती करना पड़ेगा। जब भर्ती करते वक्त नर्स ने इशारा किया बिस्तर तो एक भी खाली नहीं है, फलाँ बिस्तर पर एक महिला भर्ती है उसी पर तू भी सो जा।

गोमना अनपढ़ था पर यह तो समझता था कि एक की बीमारी दूसरे को लगने का खतरा तो रहता ही है। जब नर्स ने कहा-क्या विचार कर रहा है। जब मरीज ज्यादा आ जाये तो नीचे फर्श पर भी सुलाना पड़ता है। गनीमत है बिस्तर तो मिला। ज्यादा सुविधा चाहिये तो पैसा खरच, प्राइवेट में चला जा।

मरता क्या न करता। गोमना की जेब तो खाली हो रही थी। तीन दिन गाड़ी नहीं चली तो खाने के लाले पड़ने वाले हैं।

महिला वार्ड, अनेक बिस्तरों पर दो-दो महिलाएँ। दिन में तो फिर भी ठीक। रात को पुरुषों को बाहर खाली बरामदे में विश्राम लेना पड़ता।

गोमना के सामने धर्मसंकट। मुन्नी को कहाँ सुलाये। वार्ड के अंदर जगह नहीं। बच्ची को लेकर घर चला जाय और रात को बबली को कुछ ऊँच नीच हुई तो कौन सँभाले यहाँ तो सरकारी अस्पताल का रामराज है।

कमजोर बीमार बबली बार-बार मुन्नी के सर पर हाथ फेरती। गोमना को कहती-मेरी बच्ची को सँभालना। उसको कोई तकलीफ न हो, वह भूखी

न रहे। रोटी नही बने तो कुछ फल तुम्हारी गाड़ी में पड़े हो तो खिलाना। वैसे भी अब सड़ जायेंगे। गरीब की भूख को सड़ा फल भी नुकसान नहीं करता।

भर आयी थी गोमना की आँखें।

-तू फिकर न कर, तेरी चिन्ता कर। तू ठीक हो जा सब ठीक हो जायेगा।

बरसात में धंधा बंद था। फल वाले बड़े व्यापारी से थोड़ा बहुत उधार मिला था। वह भी खतम हो रहा है। बीमारी तो कुंडली मारकर बैठी है। भुखमरी अवांछित अतिथि की तरह छाती पर खड़ी है।

अस्पताल के बरामदे में पड़े गोमना की बेचैनी बढ़ रही है। पास में मुन्नी सोई है। क्या करे? लग रहा है कल आसमान खुल जायेगा, सूरज निकलेगा। बबली को सरकारी अस्पताल में भगवान भरोसे छोड़कर गाड़ी लेकर निकलेगा। मुन्नी साथ चलेगी तो ले जायेगा नहीं तो आई के पास अस्पताल में छोड़ जायेगा।

सवेरा भी हुआ, सूरज भी निकला लेकिन रक्त रंजित। अस्पताल में अफरा तफरी मची थी। पता लगा कल शाम कहासुनी और मारपीट की घटना ने साम्प्रदायिक तनाव ने ले लिया। इंटरनेट और अफवाहों ने रही सही कसर पूरी कर दी। सवेरा होते पूरा शहर साम्प्रदायिक दंगों की तंदूरी भट्टी में दहक रहा था।

मुन्नी को बबली के पास छोड़कर हिम्मत के साथ अपनी रोजी रोटी ठेलागाड़ी की खबर लेने निकला तो यह देखकर दंग रह गया कि उसकी ठेलागाड़ी भी जलकर राख हो रही है। सड़े गले फल सड़क पर बिखरे पड़े हैं या नालियों में बहे जा रहे हैं। गोमना का मन भर आया ठेलागाड़ी नहीं जैसे आज उस के कमाऊ पूत की किसी ने हत्या कर दी हो।

सारा शहर मातमी सन्नाटे के खौफ में था। कर्फ्यू विकराल रूप ले चुका था। वर्दीधारी पुलिस बन्दूकें लेकर चौकसी कर रही थी। देखते ही गोली

मारने के आदेश थे। खोली से अस्पताल पहुँचना लगभग असंभव था। जान जोखिम में लेकर इस गली से उस गली छिपता, हाँफता हुआ अस्पताल की दिशा में छोड़ रहा था। एक लट्ठ तो उसकी टाँगो पर भी पड़ गया। हिम्मत रखी और भागा। उसे डर था पुलिस वालों का अगला लट्ठ कहीं उसका सर न फोड़ दे।

अस्पताल में अफरा-तफरी मची थी। शहर से घायल आ रहे थे। सायरन टू टू बज रहे थे। सफेद चद्दरों में लाशें पोस्टमार्टम में जा रही थी। रोते बिलखते परिजनों का रूदन कर्फ्यू की शांति को भंग कर रहा था। केम्पस में दवाइयों की दुकान ही खुली थी। इन्टरनेट मोबाइल सभी सेवाएँ बंद कर दी गयी। टीवी पर क्या तो चैनल , क्या मीडिया सब मिलकर आहुतियाँ दे रहे थे। उसका शांत शहर अग्निकुंड बना था। कुछ लोग टीवी पर पंचायत कर रहे थे।

जेब लगभग खाली है। मोबाइल बंद है। उधार माँगने के रास्ते बंद हैं। इक्का-दुक्का गुमटियों को छोड़कर कहीं चाय भी नसीब नहीं है। खुद क्या खाये, कहाँ खाये, कैसे खाये? बबली का नाम तो गरीबों में लिखा है। किसी धर्मार्थ संस्था की ओर से कच्ची ही सही थूली (दलिया) मिल रहा है। उसी में से थोड़ा मुन्नी भी खा लेती है।

गोमना को लगा वह पागल हो जायेगा। इतने बड़े संसार में उसका कोई नहीं है। कोई मददगार नहीं है। तिनका-तिनका जोड़कर जो गृहस्थी बनायी उस पर भी गंभीर संकट है। घरवाली की हालत सुधरने के बजाय बिगड़ रही है। दवाई का पैसा नहीं है, अस्पताल की मेहरबानी से जो दवा मिल जाये वही आसरा है।

एक बारगी तो बबली को उसके बिस्तर पर नहीं देखकर उसके होश उड़ गये। अभी कोई नर्स आकर कह देगी–जा वहाँ पड़ी है तेरी लुगाई की लाश उठाले। बिस्तर पर दोनों ही महिलायें नहीं थी। कोई तीसरी ही महिला सोई थी।

नर्स ने बताया–शहर में दंगा हो गया है। बहुत बड़ी संख्या में घायल आ रहे हैं। अब दंगा पीड़ितो को तो बिस्तर पर सुलाना जरूरी है कि नहीं?

कल कोई नेता, फेता, मनीस्टर और टीवी वाले दंगा पीड़ितों की खबर लेने अस्पताल में आ धमकेंगे तो हमारी नौकरी तो गयी समझो। दंगा पीड़ित कुछ दिन के सरकारी मेहमान समझो।

–जा तेरी लुगाई उधर ठेठ पीछे वाले बरामदे में होगी।

गोमना देखता है। बरामदे में सभी मरीज जमीन पर पड़े हैं। लगभग एक दूसरे से सटे हुए। लेकिन एक बात समझ में नहीं आयी मुन्नी बिस्किट खा रही थी।

दरअसल शहर में खौफ बढ़ रहा था। लोग लाशें गिन रहे थे। इध ार अस्पताल में भाईचारा पनप रहा था। संभवतः दुःख दर्द और बीमारियाँ एक दूसरे को जोड़ रही थी। इसी का परिणाम था। रिश्तेदार, परिजन बाँट कर खा रहे थे। उन्हें पता है बाहर कर्फ्यू में कुछ नहीं मिलेगा। गोमना को संतोष हुआ चलो मुन्नी को कुछ तो खाने को मिला एकदम भूखी नहीं है।

शाम को डाक्टर ने बताया–बबली का टायफाइड बिगड़ गया है। उसे पीलिया रोग हो गया है।

डाक्टर तो चला गया पर गोमना ने देखा कि वाकई में बबली का तो सारा शरीर पीला पड़ गया है। जैसे हल्दी चढ़ी हो आँखों में भी पीलापन उतर आया है। भीतर से एकदम डर गया गोमना पर जब बबली सुबकने लगी और मुन्नी भी उसकी छाती से लिपट कर रोने लगी तो गोमना ने भीतर उमड़ रहे आँसुओं के ज्चर को भीतर रोका। दिल मजबूत कर बोला–हिम्मत रख जल्दी ही ठीक हो जायेगी। पीलिया लाइलाज रोग तो नहीं है।

रात निकल गयी। सुबह जब उस जनाना वार्ड बरामदे में गया तो बबली रो रही थी। रात को चूहे उसके पाँव कुतर गये हैं। अनेक रोगियों का यही हाल था। फर्श पर पड़े मरीज जैसे चूहों के लिये दावत का खुला इंतजाम था।

शहर और बबली दोनों की ही हालत बिगड़ती जा रही थी। दुकानें केबिन सब बंद थे। फुटपाथ पर सामान बेचने वाले भूखों मर रहे थे।

गोमना की जेब में आखिरी दस का नोट पड़ा था। उसने मुन्नी के लिये बिस्किट का पेकेट खरीद कर रख लिया। जाने कब आड़े वक्त में मुन्नी के काम आये।

आज कमजोर बबली की आँखें पथराने लगी। पथराई आँखों की पुतलियाँ जैसे मुन्नी पर ठहर गयी हो। आवाज लड़खड़ा गयी। आखिर क्या बोलना चाहती है बबली।

मेरी मुन्नी की रक्षा करना। मेरी मुन्नी को हर बुरी नजर से बचाना, मेरी मुन्नी कभी भूखी नहीं सोये।

बबली की तो आवाज लड़खड़ा गयी थी यह तो केवल गोमना का अनुमान था।

दोपहर में खून की एक उल्टी हुई। नर्स ने कम्पाउडर को बुलाया दोनों ने आपस में बात की। बबली का पूरा शरीर चादर से ढक दिया।

गोमना के कंधे पर हाथ रख कम्पाउडर ने जब कहा-तेरी घरवाली अब इस दुनिया में नहीं है, बिजली का करेन्ट लगा हो जैसे गोमना को-रो पड़ा गोमना-हाय बबली ये तूने क्या कर दिया।

मुन्नी माँ की लाश से चिपकी जा रही थी। फिर सूख गये गोमना के आँसू। जड़ हो गया गोमना।

आधे घंटे बाद नर्स ने गोमना को झिंझोड़ा-अरे भाई, लाश को उठाओ घर ले जाओ।

गोमना का मन रो रहा था। घर तो लुगाई से ही होता है। वो ही नहीं रही घर कहाँ रहा। फिर उस खोली में कहाँ तो लाश रखेगा। शहर में कर्फ्यू, फोन बंद किसको बुलाये कौन आयेगा। खुद के खून का ही पता नहीं तो खून के रिश्ते तो हैं ही नहीं। वह अकेला है और यह अबोध

बच्ची मुन्नी।

घंटे भर बाद भी लाश नहीं उठी तो वार्ड बॉय आया-अरे भाई, लाश ले जा।

गोमना-कहाँ ले जाऊँ? कैसे ले जाऊँ? ऑटो रिक्षा तक तो बंद हैं। कर्फ्यू लगा है। कल को कोई गोली मेरी मुन्नी के लग गयी या दंगाइयों ने मार दिया तो कौन जिम्मेदारी लेगा। लुगाई तो गयी मुन्नी को कुछ हो गया तो मैं अनाथ हो जाऊँगा। मुझे कुछ हो गया तो मुन्नी अनाथ हो जायेगी।

वार्ड बॉय-देख भाई, समझ, अस्पताल मरीजों के लिये हैं। लाशों के लिये नहीं हैं। नये घायल आ रहे हैं। लाश को उठा।

एक घंटा हो गया फिर भी लाश नहीं उठी तो वार्ड बॉय ने आपस में बात की। स्ट्रेचर में रख अस्पताल के मुख्य दरवाजे पर बाहरी पोर्च में रख आये। पीछे-पीछे जड़वत् गोमना उसके कंधे पर रोती बिलखती मुन्नी-'आई आई' नाम से सारे वातावरण को करूणामय कर रही थी।

बाहर एक एम्बुलेंस का ड्राइवर बीड़ी पी रहा था। उसने जब सारा माजरा समझा तो दया आ गयी।

-इस बेचारे की कोई दंगा पीड़ित श्रेणी में भी मदद नहीं करेगा क्योंकि दंगा प्रभावित होकर भी पीड़ित की श्रेणी में नहीं आता है। उसने जड़वत गोमना को कहा-देख, सभी लाशों का अंतिम स्थान तो शमशान, कब्रस्तान ही होता है। अस्पताल में कोई लाश अधिक समय तक नहीं रहती है। जो किसी कारण से रखनी पड़ती है वह भी मुर्दाघर में रहती है।

तू गरीब आदमी, तेरे नाते रिश्तेदार कोई है नहीं। दो-मित्र होंगे भी तो कर्फ्यू के कारण आ नहीं पायेंगे।

-तेरी गरीबी तेरी बच्ची सब कुछ बता रही है कि तेरी जेब में न तो कफन खरीदने का और न ही अर्थी के बांस खरीदने का पैसा है। मतलब साफ है लाश को तेरे घर ले जाने का कोई मतलब नहीं है। घर ले भी गये तो जाना तो फिर शमशान ही है। इस कर्फ्यू में चार आदमी अर्थी उठाने वाले भी नहीं मिलेंगे।

चूंकि मैं एम्बुलेंस का ड्राइवर हूँ। कर्फ्यू में भी हमारा सायरन हमारा लाइसेंस हैं। एक बार एम्बुलेंस से शमशान घाट पहुँचाते हैं। थोड़ी देर में शाम घिर जायेगी रात होगी। रात होने से पहले मुर्दे को अग्नि दे देनी चाहिये, चल आगे की आगे देखेंगे।

शमशान घाट पर ड्राइवर और गोमना ने लाश को नीचे उतारा और शिला पर रख दिया। मुन्नी लाश से लिपट कर रो रही थी। कुछ मक्खियाँ भी लाश पर भिनभिनाने लगी। पीला शरीर काला पड़ता जा रहा था।

गोमना ने जेब से बिस्किट का पेकेट निकाला मुन्नी को दिया उसने खाने से मना कर दिया।

अबोध बच्ची की रट यही थी कि 'आई कब बोलेगी'यह कौनसी जगह ले आये हैं। घर कब जाएंगें?

गोमना का कलेजा मुँह को आ रहा है। कैसे समझाये मुन्नी को, कैसे चुप कराये?

ड्राइवर शमशान घाट के चौकीदार को सारी परिस्थिति समझा चुका था। तभी ड्राइवर को इमरजेंसी काल आ जाता है। वह भी गोमना को रामभरोसे छोड़कर रवाना हो जाता है।

चौकीदार का धर्मसंकट है, गोमना के पास तो कानी कोड़ी नहीं है। यह तो लकड़ी का पैसा दे नहीं सकता। चौकीदार को मुफ्त लकड़ी देने का अधिकार नहीं है। मोक्षधाम कमेटी से पूछे तो लगभग फोन बंद है। आखिर यह लाश जले कैसे? काली रात छाती पर खड़ी है।

तभी रामनाम सत्य करती किसी बड़े आदमी की लाश आगयी पचास-साठ आदमी साथ थे। बड़े आदमी की लाश को स्नान कराकर चिता सजायी।

कुछ आदमियों को चौकीदार ने गोमना की व्यथा बतायी। शमशान वैराग्य कहे या मृत्यु का समान धर्मा व्यवहार, पैसा एकत्रित कर लकड़ी खरीदी और चिता भी सजा दी।

बबली की लाश को ऊपर रखा और एक जलती लकड़ी गोमना के हाथ में दी-चल लाश को मुखाग्नि दे।

उस आग को देखकर मुन्नी दहाड़े मार कर रोने लगी। मेरी 'आई'को क्यों जला रहे हो?

आग की लपटों में बबली की देह स्वाहा हो रही थी। थोड़ी दूर पर जड़वत् बैठे गोमना के पाँव पर सर रखकर सो गयी थी मुन्नी।

बड़े आदमी की लाश वाले तो घंटे भर में एक-एक कर रवाना हो गये।

गोमना को आग के बीच भी लग रहा था। बबली की आँखे मुन्नी को टकटकी लगाकर देख रही थी।

रात के दस बज रहे थे। लपटें पूरे यौवन पर थी। शमशान घाट के चौकीदार ने गोमना के कंधे पर हाथ रखा-तेरी लुगाई की लाश पूरी जल चुकी है। यहाँ आयी हुई कोई लाश वापस घर नहीं जाती है। तू भी इस बच्ची को लेकर घर जा। मैं भी दरवाजा बंद करूँगा। अब जो भी लाशें आयेंगी कल सुबह आयेंगी।

रात को कोई लाश लेकर यहाँ नहीं आता।

गोमना को उसने सहारा देकर खड़ा किया। मुन्नी शायद गहरी नींद में थी। उसे आहिस्ते से कंधे पर लिटाया। जैसे कोई बेताल विक्रम के कंधे पर हो। अंतिम बार चिता को प्रणाम किया। सधे कदमों से कर्फ्यू ग्रस्त नामुराद शहर की ओर बढ़ने लगा।

वह बार-बार मुन्नी की पीठ पर हाथ फेरता जा रहा था। मुन्नी में कोई हलचल नहीं देखकर उसे डर लग रहा था कहीं 'आई' को जलती देखकर सोई मुन्नी की साँसे उखड़ तो नहीं रही है।

प्रायश्चित

चेन्नई के एयरपोर्ट पर विदेश से लौटे रामेश्वरजी स्वदेश की धरती पर साँस लेने का आनंद ले रहे थे। उनकी यह खुशी हवा होते देर नहीं लगी। उन्हें पता लगा कि अहमदाबाद जाने वाली फ्लाइट केंसल हो गयी है। अगली फ्लाइट, पूरे आठ घंटे बाद है। आठ घंटे का समय ठाले बैठकर एयरपोर्ट पर व्यतीत करना किसी सजा से कम नहीं है, खास कर जब आपका कोई सहयात्री भी न हो।

आखिर कौन हो सहयात्री? पत्नी का देहावसान हुए दो वर्ष बीत गये। बेटा बहू यू एस ए में, पुत्री-दामाद जर्मनी में। दूर के सुहावने ढोल में "वसुधैव कुटुम्बकम" पर अपना कोई पास नहीं। एक बड़ी कम्पनी के प्रबंध निदेशक पद से सेवा निवृत्त रामेश्वरजी कम्पनी की भाषा में सोचते हैं।

पत्नी के साथ पार्टनरशिप कर दाम्पत्य जीवन की कम्पनी खड़ी की। बेटा-बेटी की युनिटें विदेषों में स्थापित हो गयीं। पत्नी आउट गोइंग पार्टनर हो गयी। संभवतः यही सन्यास आश्रम कहलाता होगा क्योंकि संतानों का आग्रह विदेश में साथ रहने का। रामेश्वरजी का वहाँ चित्त नहीं लगना, बार-बार स्वदेश लौट आना। उनको लगता है उनकी प्राइवेट लिमिटेड कम्पनी, जो उनका परिवार है, का डिज़ोल्यूशन का वक्त आ गया है।

इन्हीं विचारों में खोये रामेश्वरजी का ध्यान भंग होता है। वे ध्यान से देखते हैं सामने अपनी ट्राली खिसकाता हुआ उनका हम उम्र एक बुजुर्ग

आ रहा है। सफेद बालों पर काला रंग, चढ़ा हुआ, थुलथुल काया, पेट का घेरा पेट से बाहर लटक रहा है। गोल मटोल चेहरा बुढ़ापे की जद में आने को बेताब नजर आ रहा है।

रामेश्वरजी उसके शरीर की मिट्टी के ढेर के भीतर कोई पौधा खोजने का प्रयास कर रहे हैं। उस शख्स की दूरी कम होते ही रामेश्वरजी पहचान गये। अरे, यह तो मेरा बचपन का लंगोटिया यार गोविंद ही लगता है।

बरसो बाद यूं अचानक गोविंद का मिलना एक उत्सुकता जगा गया।

रामेश्वरजी भूल गये एयरपोर्ट की शान और अचानक अनेक सीढ़ियाँ फलाँगते हुए अपने बचपन के तहखाने में पहुँच गये।

यकायक खड़े हुए और जाकर उत्साह के अतिरेक में एक घौ गोविंद की पीठ पर जमाया।

गोविंदजी गिरते-गिरते बचे।

कहना ही चाह रहे थे-व्हाट नॉन सेन्स, लेकिन जब मुड़कर देखा तो आँखों में आनंद के आँसू छलछला आये।

अरे मेरे यार रामू! लिपट कर गर्मजोशी से दोनों गले मिल गये।

आते-जाते यात्री उचटती निगाह से इस राम-भरत मिलन के दृश्य को देख रहे थे। दोनों मित्र थोड़े सहज हुए। विस्मय, कौतूहल तो यथावत् था। हो भी क्यों न, उम्र के पैंसठ वर्ष डकार जाने के बाद यदि बचपन का दोस्त अचानक मिल जाये।

रामेश्वरजी के पिता तो जब उन्होंने आठवीं कक्षा पास की तब स्थानान्तरित होकर क्या गये फिर पलटकर उस कस्बे में जाने का काम ही नहीं पड़ा। वह कस्बा उनका मूल निवास स्थान तो था नहीं बस सात-आठ बरस पहले कहीं से स्थानान्तरित होकर आये थे जो पदोन्नति पर आगे रवाना हो गये।

रामेश्वरजी और गोविंदजी का साथ भी छूट गया। आज जब इस

एयरपोर्ट पर अचानक मिले हैं तो उम्र के लबादे के भीतर बहुत कुछ साझा करने का मन कर रहा है।

गोविंदजी-यार रामू, क्या दिन थे जब कच्चे आम चुरा कर भागते और रखवाला डंडा लेकर पीछे दौड़ता। उसको छकाते कभी पकड़ में नहीं आते। अब तो उम्र की थकान से ये घुटने भी जवाब देने लगे हैं।

-खैर, छोड़ यार ये बता कैसी गुजरी ये जिन्दगी?

रामेश्वर-जिंदगी को तो गुजरना ही था सो गुजर रही है पर पहले तू बता।

गोविंद-यूं हँसी में मत टाल। पहला प्रश्न मैंने किया है, जवाब मुझे मिलना चाहिये।

रामेश्वर-अच्छा भाई सुन। कोई लम्बा चौड़ा इतिहास तो है नहीं।

पिताजी के साथ शहर-दर-शहर भटकते हुए पढ़ाई पूरी की। अच्छी कम्पनी के सबसे बड़े पद तक पहुँचा। एक बेटा, एक बेटी, नाते-पोते सब कुछ हैं। सारी धरती ही वसुधैव कुटुम्बकम है। बेटे का परिवार यू एस ए में, बेटी जर्मनी में और क्या चाहिये रामजी राजी है।

गोविंद-देख, रामू तू कुछ तो छिपा रहा है। मेरे यार डाक्टर से रोग और दोस्त से दिल का दर्द नहीं छुपाना चाहिये क्योंकि तेरा चेहरा तो साम्राज्य जीत कर भी हारे हुए सिकंदर की तरह लग रहा है।

रामेश्वर-नहीं ऐसा तो नहीं है। बात यह है कि उम्र भर की व्यस्त नौकरी कर रिटायर्ड होकर घर आये तो कुछ ही दिनों में तेरी भाभी चल बसी। बच्चे दूर है व्यस्त हैं। उनके पास समय नहीं है। मेरे पास समय की कोई कमी नहीं है। बेटे के पास से ही लौटा हूँ, लौटा क्या भागा हूँ।

वहाँ घर में भी एकांत था। बीमार पड़ा तो बच्चे ने एक अस्पताल में भर्ती कराया। अस्पताल क्या एक तरह का कैदखाना समझ ले। दवाई, डाक्टर, नर्स के अलावा परिंदा भी देखने नहीं मिलता। अपन ठहरे

हिन्दुस्तानी वो भी जिस देश में गंगा बहती है या जिस देश में लोग बहुत बातूनी होते हैं।

ठीक होते ही बेटे को समझा-बुझा कर भाग आया हूँ। यहाँ एयरपोर्ट पर आकर संतोष की साँस ली है। ऊपरवाले ने मानो रिटर्न गिफ्ट की तरह तुझसे मिलवा दिया। अहमदाबाद में रहता हूँ कुल जमा यही मेरी कहानी है। कम्पनी के हिसाब से ईश्वर जब कोई सुख देता है तो नये प्रकार के दुःख भी साथ चले आते है। बैलेंस शीट का यही नियम है। सुख को जोड़ जितना है उतना ही दुःख का है। राई रत्ती का भी फर्क नहीं होता इसे ही कहते हैं असेट लाइबिलिटी की बेलेंस शीट का मिलान।

बच्चे सुखी हैं, सम्पन्न हैं, आत्मनिर्भर हैं, ये मेरे सुख हैं। दूर है, उनकी याद, उनकी तड़पन, एकाकीपन ये मेरे दुःख हैं। आज संयुक्त परिवार का प्रेम, हँसी, ठहाके आनंद एक सपना लगता है जो शायद ही कभी साकार हो।

अब तू अपनी सुना।

कहकर जब रामेश्वरजी गोविन्दजी की और मुखातिब हुए तो वे कहीं खोये-खोये से लग रहे थे-यकायक धरातल पर आये।

हाँ तो माय डियर रामू, अब सुन मेरी राम कहानी-मैं खूब कमजोर तो नहीं पर तेरी तरह पढ़ने में होशियार भी नहीं था। पिताजी जानते थे बड़ी नौकरियों की प्रतियोगिता परीक्षाएँ पास करना इसके बूते का रोग नहीं है। सो उन्होंने मध्य मार्ग निकाला। एलएलबी करवाकर काला कोट पहना कर वकीलों का मुंशी बना दिया। हम बाप बेटे दोनों का अहं संतुष्ट हुआ। मेरा बेटा एडवोकेट है। छोटा जिला है, कूट-कुटा कर होशियार हो जायेगा कमा खायेगा। छोटी जगह पर वकालात कम और डाँगपटेलाई ज्यादा होती है।

काला कोट भी पहन लिया वकील भी कहलाने लग गये पर जल्दी ही पता लग गया कि एक पाँव पर खड़े रहने की नौकरी बड़ी कठिन है।

मुकदमा लड़कर जीतना तो दूर की कौड़ी, पाँव पर खड़े होने का संघर्ष भी बड़ा तगड़ा है। उन्हीं दिनों हमारा एक रिश्तेदार नगरपालिका चेररमेन बन गया। इसी रिश्तेदारी ने नगरपालिका में पेनल का वकील बनने में मेरी सहायता की।

मैं गृहस्थी की गाड़ी जैसे तैसे खींच रहा था। मेरे तीन बेटे जो अब कॉलेज की पढ़ाई कर रहे थे। छात्र राजनीति में बढ़ चढ़ कर हिस्सा लेते थे। हड़ताल कराना हो चाहे, ट्युशनखोरों को धमकाना हो, चाहे धरना हो या बंद, उनकी छुटभैय्या छाप राजनीति चल रही थी।

मजे की बात यह थी कि दोनों ही बेटे अलग-अलग राजनैतिक दलों के समर्थक थे। एक दिन मैंने जब उनसे पूछा अपने दल के विचार इतिहास तथा घोषणाओं के बारे में क्या जानते हो?

उनका उत्तर मुझे विस्मित तो कर गया पर बड़ा बेबाक था।

पापा, ये सब बातें जानने की हमें कोई उत्सुकता नहीं है इसकी कोई आवश्यकता भी नहीं है। राजनीति हमारे लिये सेवा नहीं पेशा है। इसी पेशे का उपयोग करने के लिये हम अलग-अलग राजनीतिक दलों में शामिल हुए हैं। कोई न कोई दल तो हर वक्त सत्ता में रहेगा हमारा परिवार सत्ता सुख भोगता रहेगा। परिवार में एक रहेंगे। जनता के बीच एक दूसरे पर तलवारे भाँजते रहेंगे।

बच्चे तो अपने विचारों से अवगत करा कर चले गये। मैं विचार में पड़ गया। नौकरियों का तो वैसे ही अकाल पड़ा हुआ है। उतनी प्रतिभा उनमें है भी नहीं। जो धंधा (उनकी दृष्टि में नेतागिरि) वो करना चाहते हैं उसमें ही संभावनाएँ टटोली जाये।

नगरपालिका में मेरे पाँव जम गये थे। ठेकेदारों, पार्षदों से भी अच्छा परिचय था। मैंने अपनी योजना को मूर्तरूप दिया। कर्जा लेकर एक जे सी बी लाया, छोटे-मोटे ठेके लेकर उन होनहार बेटों को ठेकादारी में उतार दिया। वे भी प्रसन्न थे वहाँ उन्हें नेतागिरि करने का भरपूर अवसर मिल रहा था।

इन को जे सी बी क्या दिलवायी जैसे किस्मत का दरवाजा ही खुल गया। जे सी बी जैसे तमाम ऊबड़-खाबड़ तथा बड़े पहाड़ काटकर समतल करती है वैसे ही ये राजमार्ग पर दौड़ने लगे। बड़े ठेके मिलने लगे। बड़े नेताओं के चहेते बनने लगे, मंत्री विधायकों तक इनकी गहरी पहचान और पकड़ बनती गयी। छोटे-मोटे पद भी इनको मिलने लगे। इस साल तो इनकी तरक्की देखते ही बनती थी। फार्म हाउस, कंस्ट्रक्शन कम्पनी, अनेक भारी भरकम वाहन इनके अत्याधुनिक ऑफिस, सौ डेढ़ सौ का स्टाफ। सफेद कुर्ते-पाजामें में जिले में उनका प्रभाव इतना पड़ा कि जैसे देश का राज ये ही चला रहे हों। लक्ष्मी चारों दरवाजों से आ रही थी।

घर में अभी संयुक्त परिवार कायम था।

मुझे क्या चाहिये? पोता-पोती, बेटा-बहुएँ सब हँसी खुशी से एक ही छत के नीचे रहते हों, एक भारतीय पिता का इससे बड़ा सुख क्या होता होगा?

इनकी ठेकेदारी और राजनीति का तालमेल भी गजब का था। तीनों बेटे चुनाव में अपने-अपने उम्मीदवार की आर्थिक मदद करते। मुझे समझाते यह रूपया बेकार नहीं जायेगा। बस समझ लीजिये लाँग टर्म इन्वेस्टमेंट है। तीन भाइयों में किसी एक का दल और नेता तो जीतेगा ही। सब वसूल हो जायेगा।

चुनाव सुधार की बातें सुनकर तीनो हँसते थे। एक जाजम और माइक का भी बिल इतना आता है तो बड़े चुनाव बगैर पैसे के कैसे लड़े जा सकते हैं।

बेटों ने जमीनें खरीद लीं। बड़े-बड़े स्कूल चल रहे थे। शहर के पॉश एरिया में बड़े प्लाट खरीदे जिन पर अत्याधुनिक सुविधायुक्त बंगले बन रहे थे।

बरसात के दिन थे लगभग एक पखवाड़े से बरसात हो रही थी। उन दिनों इन्हीं बंगलो में आ सी सी की बहुत लम्बी-चौड़ी छत पड़ रही थी।

एक रात जब कुछ मजदूर नीचे काम कर रहे थे। तभी बीच में से नई बनी छत टूटकर गिर गई दस मजदूर घायल हो गये दो की मौत हो गयी।

मैं तो एकदम घबरा गया तब बेटों ने ही मुझे हिम्मत दी।

-घबराओ मत सब कुछ मेनेज कर लेंगें। सेटिंग हो जायेगी। वास्तव में इन्होंने दौड़ धूप करके मामले को रफा-दफा करा दिया। अखबारों की खबर भी इस तरह आयी मानो प्राकृतिक विपदा हो।

तीनों दलों के बड़े-बड़े नेता जो रात दिन मंच पर एक दूसरों के कपड़े फाड़ते नजर आते, बेटों के साथ एक ही टेबल पर बैठे थे। मामले को सुलटा दिया गया था।

चार माह में बंगले भी बनकर तैयार हो गये। गृहप्रवेश का भव्य समारोह करके हमारा संयुक्त परिवार भव्य प्रासाद में आ गया।

पर नये घर में आये दिन कोई न कोई विघ्न आता। कोई अपशगुन होता। एक बेटा सड़क दुर्घटना में मरते-मरते बचा। छः महीने बिस्तर पर रहा।

आये दिन बीमारी, दुर्घटनाओं से लगने लगा कि जैसे कोई सुदर्शन चक्र हमारा पीछा कर रहा है कुछ न कुछ अनिष्ट होकर रहेगा।

किसी ने सलाह दी कोई भव्य धार्मिक आयोजन रख लो। ग्रह शांति हो जायेगी। बेटों के कर सलाहकारों ने बताया कि ऐसे आयोजन से टेक्स भी बचेगा और जिले में बड़ा नाम भी होगा।

ये सारे उपाय कर लिये। परेशानियाँ थी कि थमने का नाम नहीं ले रही थी। महीने भर पहले तेरी भाभी बीमार हो गयी। डॉक्टरों के पास ले गये तो बताया कि कैंसर की प्रारंभिक अवस्था है। मन अशांत हो गया। कुछ सूझ नहीं रहा है। अनिष्ट का अज्ञात भय मन में समाया हुआ है।

डाक्टर, अस्पताल, धर्मस्थल सभी जगह भटक कर थक गये। अब किसी रिश्तेदार ने बताया कि सारी परेशानियों की जड़ तुम्हारे ये नये बंगले

है। पुराने मकान में तो सुख शांति की रोटी खा रहे थे यहाँ तो अशांति ही अशांति है।

लगता है तुम्हारे नये मकान में कोई वास्तुदोष है।

आनन-फानन में वास्तुदोष जानकारों का पता लगाया। किसी ने बताया यहाँ चेन्नई में एक बहुत बड़े वास्तुदोष जानकार रहते हैं। उन्हीं का अपांइटमेंट लिया है। उन्हें साथ लेकर जाऊँगा। जैसा वो बताएंगे मकान की तोड़फोड़ कर वास्तुदोष का निवारण कराऊँगा।

गोविन्दजी ने रामेश्वरजी का हाथ अपने हाथ में लिया। कहने लगे-

-यार तू भी दुआ कर मेरे घर की सुख-शांति लौट आये। रामेश्वरजी की चुप्पी से हतप्रभ गोविंदजी बोले-यार क्या सोच रहा है?

रामेश्वर-देख मेरे दोस्त, मेरे विचार से तू गलत दिशा में भटक रहा है। बीमारी क्या है तू इलाज क्या कर रहा है।

कोई आदमी यदि यह माने कि नदियों का सारा पानी उसका है, वायुमण्डल की सारी प्राणवायु उसकी है तो इससे बड़ी गलत फहमी कुछ नहीं है।

जो मजदूर तेरे घर में दब कर मर गये हैं। वे तो एक त्रासदी थी जिस पर तेरा वश भी नहीं था। पर उनके परिवारों को सहारा देकर मदद करना तेरा कर्तव्य था। वो तो तेने किया नहीं चारों तरफ सेटिंग कर ली। ऊपरवाले के यहाँ सेटिंग नहीं होती है। फालतू कामों में जो रूपया बर्बाद कर रहा है। उससे उन गरीब परिवारों के सुध ले यह जो चक्र तेरे पीछे घूम रहा है दरअसल वो एक अपराधबोध है। उसका सही प्रायश्चित कर।

गोविंदजी ने वास्तुविद् से मिलने का विचार छोड़ दिया और घर लौट आये।

गोद भराई

माही नदी की उपधारा के पानी में अधेड़ावस्था की ग्रामीण स्त्री सुकी नहाने से पूर्व जाने कब से अपना अक्स देख रही है। उसे याद नहीं है कितनी देर हो गई है। यद्यपि अधेड़ है पर उसका यौवन, रूपलावण्य किसी वनबाला से कम नहीं है। वो उदास है, विचारों के भँवर में कहीं खोई हुई है। ऊपर टेकरी पर जहाँ उसका टापरा है ढोल लगातार बज रहा है ढम्म-ढम्म ढम्म। बजे भी क्यों न आज अधेड़ावस्था में ही सही उसकी गोद भराई की रस्म जो होनी है। यही 'ढम्म ढम' उसके कलेजे को छलनी कर रही है।

सुकी जब छोटी थी माँ के साथ ढोर-डाँगरों के लिये सूखी घास (चारा) लेने जाया करती थी। चारा इकट्ठा करते समय अनेक लापेड़े (चारे के भीतर के कांटे) उसकी पुरानी ओढ़नी को ठेंगा दिखाते हुए उसकी कंचन काया को लहुलूहान कर देते थे।

उसकी आई कपड़े से पोंछते हुए कहा करती मेरी डीकरी (बेटी) तो मेण नी राणी और केर का कांटा है (मोम की तरह नाजुक है जिसको केले का पत्ता भी काँटे की तरह चुभता है।)

क्या अधेड़ावस्था तक भी कभी लापेड़ो ने उसका पीछा छोड़ा। छोड़ा होता तो गत पखवाड़े से उसके घर में कोहराम क्यों मचा होता।

गोद भराई की रस्म स्त्री के जीवन की महत्वपूर्ण रस्म होती है जब पृथ्वी की उर्वरा शक्ति की तरह वो वांछित मातृत्व सुख से अभिभूत होती है।

संतान की चाह में उसने क्या नहीं किया। कौनसा देव-देवरा, भोपा-भल्ला नहीं है जहाँ वो नहीं गयी हो।

वो गरीब जात बिरादरी की है। बाँस की टोकरियाँ रस्सियाँ बुनकर अथवा पसीना बहाकर रोटी कमायी है। जात बिरादरी की औरतों का काम है दिन भर मजूरी करो शाम ढलते ही थके माँदे नशेड़ी आदमियों की गाली खाओ। आवेश में आये मर्द आये दिन हाथ उठाकर मर्दानगी का परिचय देते।

मुख्य धारा से कटे पिछड़े गाँव और पिछड़ी जात बिरादरी के सारे लक्षण ही गाँव की पहचान थे। इसी बिरादरी में यदि कोई अपवाद है तो मास्टर कोदरलाल। बचपन का नाम तो कोदरा ही है पर पढ़ाई के प्रति लगन से चार किताबें पढ़कर प्राईमरी स्कूल में मास्टर हो गये। मास्टर हो गये तो मन में आया बिरादरी की नई पीढ़ी को नशे की लत तथा आवारागर्दी से मुक्त रखते हुए पढ़ने की ओर प्रेरित करें। एक मात्र पढ़े लिखे युवा होने के कारण बिरादरी में प्रतिष्ठा तथा सम्मान भी था। अत्यन्त सादगीपूर्ण तथा नैतिक मूल्यों में विश्वास रखने वाले मास्टर कोदरलाल वक्तु काका के पुत्र थे। वक्तु काका जो एक नम्बर के नशेड़ी थे रोज शाम को रोटी मिले न मिले एक बोतल मउड़ी (महुआ की दारू) गटकनी आवश्यक थी।

रोज रात को समाचार आता वक्तु काका नशे में धुत्त किसी पेड़ तले अथवा बीच सड़क में पड़े हैं, नशे की लत में जाने क्या-क्या बकते रहते।

कोदरनाल की समस्या थी एक तो उनकी सादगी तथा पिता नाम के शख्स के प्रति उनका आदर भाव।

प्रायः स्थिति यह बनती थी कि रात को कोदरलाल पर बोतल फेंकने तथा अनर्गल गालियाँ बकने वाला वक्तु काका गिरगिट की तरह रंग बदलता।

नशा उतरता तो सुबह कोदरलाल के पाँव पकड़ने लगता-बेटा तू तो मेरा हीरा है माफ कर दे।

कोदरलाल की शालीनता ने पिता को कभी अन्यथा नहीं लिया।

यही देवपुरुष कोदरलाल जब पति के रूप में सुकी को मिले तो लगा भाग्य के सारे दरवाजे खुल गये। सखी सहेलियाँ हँसी ठठ्ठा करते नहीं थकती।

-लो भाई, हमारी रूप की राजकुमारी को धणी नहीं देवता मिला है। इस मोम की गुड़िया को कभी केले का पत्ता भी चुभने नहीं देगा।

तब सुकी ने एक बार तो अपनी ओढ़नी में लगे सारे लापेड़े झाड़कर साफ कर दिये। वातावरण में सुकी की उन्मुक्त हँसी खिल उठी थी।

उस दिन सुकी ने माही नदी के ठहरे हुए जल में अपने रूप लावण्य को निहारा था। किनारे के उन पत्थरों को सँवारा था, जहाँ वो पत्थर के घरौंदे बनाया करती थी। मारे खुशी के उस दिन एक जलता दिया माही नदी के वक्ष पर तैरा दिया। उसकी सुखी संसार की कल्पना किसी स्वर्ग से कम नहीं थी।

सुकी सात फेरे लेकर कोदरलाल की घरवाली होकर आ गयी। ससुराल में आकर उसने देखा कि पति तो एक दम हीरा है पर जैसे कोयले की खदान में पड़ा है।

नशेड़ी पिता, दमें में पूरी रात गहरे सांस छोड़ने वाली बीमार सास, नकचढ़ी ननद दिनभर मजूरी, प्रसाद में मिलने वाली गालियाँ।

पति के रूप में जो पुरुष मिला इतना शालीन कि एकदम गऊ स्वरूप था।

सुकी को संतोष था, सुखी थी उसका धणी उसे इतना प्रेम करता था कि वो सारे दुःख सह लेती। पति उसकी हर पीड़ा पर इतने ठंडे फाहे रखता कि उसमें शक्ति का संचार हो जाता।

-देखो सुकी अमावस की रात कितनी ही अँधेरी क्यों न हो सूरज निकलता ही है। बिरादरी के बच्चे भी पढ़ लिख जायेंगे तो व्यसन छूटते चले जायेंगे। फिर देखना हमारे बच्चे होंगे पढ़ लिख कर तरक्की करेंगे।

यही दुखती रग थी सुकी की, अभी तक उसे संतान सुख नहीं मिला। दिन महीने साल गुजरते गये सुकी की कोख हरी नहीं हुई।

घर में आये दिन कलेश होता। नशेड़ी ससुर नशे में दहाड़ता-आखिर हमारी वंशबेल कब फलेगी। सास, ननद अलग तानें मारती, कयास लगाती-भाभू की कोख पर किसी चुड़ैल की प्रेतबाधा लगती है।

मरता क्या न करता सुकी को आये दिन किसी न किसी देव-देवरे में ले कर भटकते रहते।

मास्टर कोदरलाल को अंधविश्वास अच्छे नहीं लगते। वे अपनी हैसियत के अनुसार सुकी के इलाज हेतु डॉक्टरों, अस्पतालों के चक्कर काटते रहते। नतीजा शून्य ही रहा।

घर के ही लोग सुकी को वाँजवी(बाँझ) जैसे शब्दो से नवाजने लगे। सुकी को लगा वाकई वो एक शुष्क रेगिस्तान है जहाँ बरसात की संभावना दूर-दूर तक कहीं दिखायी नहीं देती।

परिवार के लोगों ने अब पाला बदल लिया वो कोदरलाल को दूसरा विवाह करने के लिये दबाव बना रहे थे।

कोदरलाल ने यह प्रस्ताव खारिज कर दिया।

उस दिन शाम को उनके नशेड़ी बाप ने खूब हंगामा किया-

कोदरलाल तू लुगाई का गुलाम मत बन। कटार सोने की भी हो कमर में ही लटकायी जाती है पेट में नहीं घुसेड़ी जाती है। एक खेत बंजर हो तो आदमी दूसरे खेत में फसल उगाता है कि नहीं। भूखों मरने से तो रहा।

क्या यह वंश वेल एक लुगाई के कारण सूख जायेगी। कोदरलाल तो कपड़े पहन कर स्कूल चले गये।

उस रात कोदरलाल के कलेजे पर सर रखकर खूब रोई थी सुकी। रूँधे गले से अस्फुट स्वर में पति से कहा था-तुम दूसरा विवाह करलो मैं राजी खुशी यह बात कह रही हूँ।

–नहीं। मैं दूसरा विवाह नहीं करूँगा। नाते रिश्तेदार अथवा अनाथालय से हम कोई बच्चा गोद लेकर इसका समाधान करेंगे।

तब सुकी अपने गऊ पुरुष के उस चट्टानी निर्णय से अवाक् रह गयी। क्या पता कब उसे नींद आ गयी।

परिवार के लोग भी हथियार डालने की मुद्रा में आ रहे थे। उन्ही दिनों एक नया झमेला सामने आया। खिचड़ी तो खाने अंदर जाने कब से पक रही थी। वक्तु काका ने अब परोसी थी।

नाथिया जब से बिरादरी का बड़ा पंच बना है। बड़ के पेड़ तले पंचायती और भाँजगड़े बढ़ गये हैं। हर घर के फटे में टाँग अड़ाकर बिरादरी पर अपना रोब गालिब कर रहा है।

कल का आवारा, बदमाश चोरी चपाड़ी करने वाला दिन भर ताश कूटने वाला नाथिया आज उनकी बिरादरी का मुखिया होकर नाथालाल हो गया है। कहावत नाणा वना नातिया नाणे नाथालाल चरितार्थ कर रहा है। आखिर उसके पास नाणा (रूपया) आया कहाँ से।

बचपन की आवारगी में सुकी के रूप का दीवाना था। खेत-खलिहान, नदी-तालाब, वन-वगडा हर जगह सुकी का पीछा करता रहता।

उद्दंडता की हदें पार कर रहा था कभी सीटी बजाता, फिल्मी गाने गाता पीछे लगा रहता।

सुकी भी डर रही थी हर वक्त जैसे दो आँखें उसको घूर रहीं हो।

एक दिन तो हद हो गयी जब रास्ते में पीछे से आकर यकायक सुकी की हथेली पकड़ली।

–मेरे से शादी करेगी सुकी?

–माई ना पाणी में मोड़ो धोई आव (माही नदी के पानी से मुँह धोकर आ)

हाथ छुड़ाकर हिरनी की तरह कुँलाचें भरती सुकी विभ्रम हुए नाथिया

की दृष्टि से ओझल हो गयी।

उस दिन के बाद से नाथिया ने पलटकर नहीं देखा। उसे पता चल गया सुकी को प्राप्त करने के लिये उसके पास धनबल होना चाहिये। यदि उसके पास ढेर सारा रूपिया हो तो वो सुकी के गरीब बाप को मुहंमाँगा दापा (एक प्रथा जिसमें कन्या के पिता को मूल्य चुकाया जाता है) देकर उससे ब्याह रचा लेगा। सवाल है-यह रूपिया आयेगा कहाँ से।

गाँव में तो तगारे उठाकर जीवन खप जायेगा। सुका का सपना धरा रह जायेगा।

किसी ठेकेदार की संगत में आकर दौलत कमाने कुवैत चला गया। सात वर्ष कमा कर लौटा है। उसे लौटकर ही पता चला कि माही की नदी में कितना पानी बह चुका है। अब सुकी मास्टर कोदरलाल की लुगाई है।

ध्वस्त हो गये थे नाथिया के स्वप्न अब शेष थे प्रतिशोध और षडयंत्र।

नाथिया धनबल के प्रभाव से बिरादरी का मुख्य पंच बन गया शेष पंच भी उसके यसमेन थे। युवाओं को भी दारू की लत डाल कर मास्टर कोदरलाल के नैतिक मूल्यों की धज्जियाँ उड़ा रहा था।

वकतू काका को तो मुँह मांगी मुराद मिल गयी। पंचायती भाँजगड़ो में फोकट की दारू मिलने लगी।

इसी उन्माद में नाथिया ने एक दिन शाही फरमान सुना दिया।

कोदर की पत्नी की गोद भराई बाकी है जिससे बिरादरी का जीमण भी बाकी है। जल्दी ही यह गोद भराई रस्म करायी जाये।

वकतू काका के हलक में दारू का घूँट अटक गया।

-पर पंच मां बापो जिसकी कोख में गर्भ ही नहीं है उसकी गोद भराई का क्या मतलब है?

पंच-मतलब है काका! बिरादरी का तुम पर जीमण का ऋण है कि नहीं।

वकतू काका-जीमण हम दे देते हैं। गोद भराई रहने दो। माई-बाप।

पंच-बगैर प्रयोजन के बिरादरी तुम्हारे वहाँ क्यों जीमने आये। गोद भराई का एक फायदा और हो सकता है। पितर दोष हो तो भी दूर हो जायेगा। इतने लोगों की दुआएँ लगेंगी तो शायद सुकी की सूनी कोख हरी हो जाये।

इसके साथ ही नाथिया एक कुटिल हँसी हँसा। क्यों पंचों सहमत हो, प्रस्ताव पास। यदि इसका पालन नहीं हुआ तो वकतु काका का परिवार जात बाहर।

नशे में भी वकतू काका को दिन में तारे नजर आने लगे।

यही घमासान वकतू के घर में सात दिन से चल रहा था। इस स्वाँग के लिये सुकी तैयार नहीं थी। पति कोदरलाल भी उसके पक्ष में खड़ा था।

ननद अलग समझा रही थी-तू मान जा भाभू तू यही मान कि तेरी कोख में गर्भ है। हम यही जतलायेंगे। बाद में कह देंगे अगवण (अबार्षन) हो गया। छुट्टे हो जायेंगे।

सुकी को यह सब अपमान लग रहा था।

वकतू काका दहाड़ा-जात बाहर कर देंगे तो मेरी टक्टी (अर्थी) को कौन हाथ लगायेगा। क्या कोदरा मेरी लाश को घसीट कर मसाण घाट ले जायेगा।

उस रात को कोदरलाल को अटेक आया सो अस्पताल में भर्ती करना पड़ा।

सास ननद उबल पड़े-औलाद तो है नहीं अब धणी को खाने बैठी है।

आज जब टापरे के बाहर गोद भराई के ढोल बज रहे है तो माही में नहाते हुए अनेक विचार आ रहे हैं। मैं गर्भवती नहीं हूँ फिर भी पाँवों में रंग, हाथों में मेंहदी लगाकर साड़ी के पल्लू में चावल एवं फल लेकर बिनौली

निकालना मेरा अपमान है। इस अपमान में भी षडचंत्र है।

जब सारी समस्या की जड़ वो ही है तो क्यों न माही में जल समाधि लेकर इहलीला समाप्त कर ले।

उसके बाद तो पति को मजबूरन दूसरी शादी करनी पड़ेगी। वकतू काका की वंशवेल बढ़ जायेगी।

डूबने से पहले आखरी बार अपना चेहरा पानी में देखते ही वहाँ कोदर का गऊ चेहरा नजर आता है।

सोचती है-क्या मेरा जीवन केवल मेरा है या उस पर कोदर का भी अधिकार है। क्या उसके प्रेम के राग-तंतु इतने कमजोर है कि उन्हें तोड़ा जा सके। यह भी हो सकता है उसकी तैरती लाश पर लोग-लुगाई नई कलंक कथा लिखे। आक्षेप लगाये कोई अवैध गर्भ होगा जो डूब मरी। हे माही माता, मुझे शक्ति दे तभी ननद आवाज लगाती है-भौजी जल्दी आ। गोद भराई का वखत हो गया है। अभी हाथ-पाँव में रंग लगाना है। बिरादरी वाले भी आते होंगे।

टापरे के बाहर लुगाइयों का जमघट लगा है।

आंगन में आते ही किसी उन्मादी रोगी की तरह ढोल बजाने वाले पर बरस पड़ी सुकी-बंद करो यह नाटक मैं गर्भवती नहीं हूँ। नहीं होगी मेरी गोद भराई।

यकायक ढोल खामोश हो गया।

www.ingramcontent.com/pod-product-compliance
Lightning Source LLC
LaVergne TN
LVHW050651200726
843506LV00010B/1469